Elizabeth
Eliana
Bartalo
Juan Lavalle - 50

Jacinto - rubio, foreign accent
checking how funds used

Harry Poat - famous paleontologist
Teresa's tesis person

LOS HUESOS DE SARA

Gala - doberman
Eduardo - cook

Anselmo, Manuela - Teresa parents
Hermán - brother + Vanina
Alfredo Barrás - dir. of museo w/
                 current biggest dino
Roselio - neighborhood guy, llego
Ledesma   worksfor
Mcendizábal

Marcos & Romiro - 16 Twin sons Juan Lavalle
  L Sara
Marcelo Luna - student out w/ Sara
Joseph Herrero c, Stephen hoff hous
                 crypto + collectors

LOS HUESOS DE SARA

Cristian Perfumo

Perfumo, Cristian
    Los huesos de Sara / Cristian Perfumo. - 1a ed. - Puerto Deseado : Gata Pelusa, 2022.
  279 p. ; 21 x 14 cm.

ISBN 978-987-48792-3-3

1. Novelas de Misterio. I. Título.
CDD A863

Esta novela es una obra de ficción. Los personajes que aparecen en ella son producto de la imaginación del autor.

Edición: Trini Segundo Yagüe

Diseño de portada: The cover collection

www.cristianperfumo.com

© Cristian Perfumo, 2022

Primera edición: diciembre de 2022

A Marcelo Luna, Lucio Ibiricu y Pablo Puerta.

CAPÍTULO 1

Aunque Rogelio Ledesma haya perdido el ojo izquierdo hace treinta años en un prostíbulo en el que era más importante el orgullo que la supervivencia, el derecho le funciona a la perfección. Tan bien entrenado lo tiene que distingue los huesos en el suelo desde el lomo del caballo. Tira de las riendas y se apea al pie de un médano más alto que la casa donde vive. Por más acostumbrado que esté a encontrar huesos en el campo, cualquier objeto que llame la atención en ese mar de arena en el que se ha convertido su parte de la Patagonia es una distracción bienvenida. Cuando se comparten más de diez mil hectáreas de estepa con una única persona, no sobran los divertimentos.

Ledesma se pone en cuclillas, ladeando la cabeza para enfocar su ojo en el hueso que asoma de la arena. Es demasiado grande como para ser de cordero. Tampoco es de guanaco, ni de choique, ni de ninguno de los animales que se crían en la meseta patagónica. Lo sabe porque, en sus cincuenta y nueve años, los ha matado, carneado y comido a todos. Desde cordero al asador hasta puma al horno.

Escarba con las manos en la arena blanda, que el viento caprichoso puede llevarse tal como ha traído. Son huesos de una persona. Lo intuye cuando descubre un trozo de tela deshilachada y lo confirma al llegar al cráneo.

No es la primera vez que encuentra una osamenta humana. Se ha topado en más de una ocasión con un chenque, donde los tehuelches enterraban a sus muertos. Pero Ledesma aprendió de chico que los huesos de indio son grises, frágiles, viejos.

Estos, sin embargo, tienen un aspecto diferente. Levanta uno pequeño y se lo acerca al ojo. Es blanco y limpio, como los de una oveja muerta hace dos inviernos.

Entonces Ledesma comprende. Son los huesos de la mujer que desapareció mientras desenterraban el dinosaurio.

CAPÍTULO 2

Los Ángeles, California, diciembre de 2019.

El empresario está cara a cara con una bestia de cuatro metros de altura. Las fauces abiertas, repletas de dientes afilados como puñales, podrían tragárselo de un solo bocado. Se llama Stan. La bestia, no el empresario. Es el esqueleto de un *Tyrannosaurus rex* montado sobre una estructura de acero apenas perceptible.

—*Son of a bitch* —blasfema el hombre, y tira contra el esqueleto la lata de Pepsi sin abrir que lleva en la mano. La lata se pincha al golpear contra una de las patas traseras y el líquido sale a presión, haciéndola girar sobre el suelo de madera lustrada.

Cruza la sala —la más grande de la mansión— hasta llegar a la pared del fondo, cubierta de vitrinas dedicadas a Hollywood. Detiene la mirada en el Winchester 1866 que usó Clint Eastwood en *The good, the bad and the ugly*, pero en seguida lo descarta. Quiere algo más contundente. Sigue repasando su colección hasta que se decide por un bate de béisbol firmado por Brad Pitt el día del estreno de *Moneyball*. Lo saca de la vitrina, da media vuelta y lo arrastra por el suelo en dirección al dinosaurio.

Si Stan estuviera vivo, pesaría siete toneladas y bastaría una mordida para partir al empresario al medio. Pero el animal lleva muerto sesenta y siete millones de años. Casi todo ese tiempo, enterrado en las montañas de Dakota del Sur. Pasó a la historia dos meses atrás, cuando Christie's lo sacó a subasta y un comprador anónimo pagó por él treinta y un millones ochocientos mil dólares, convirtiendo a Stan en el fósil más caro de la historia.

El primer golpe con el bate da en tres costillas que se parten con el sonido de un arpegio apagado. El siguiente va a la mandíbula. Dientes, tan gruesos en la base como la lata de Pepsi, saltan en todas direcciones. El empresario rompe vértebras y pulveriza los brazos diminutos, que en realidad son tan largos como los suyos. Después se ensaña con la tibia y la fíbula, lo único que queda en pie.

En menos de diez minutos, la silueta de Stan no es más que una estructura de metal con unos pocos fragmentos adheridos. Más que una criatura prehistórica, parece un robot surgido de los escombros.

—*Son of a bitch* —vuelve a gritar.

La puerta de la sala se abre y Juanita asoma la cabeza. Al ver el panorama, la empleada pone los ojos como platos.

—¿Está usted bien, señor?

La pregunta estúpida le hace apretar con más fuerza la empuñadura del bate. No queda nada del dinosaurio, pero él todavía tiene rabia para seguir rompiendo huesos.

Eleva lentamente el bate hasta que la punta está a medio metro de la cara de la mujer. Después hace un barrido por la sala.

—Limpia toda esta mierda y tírala a la basura.

—¿Qué ha pasado, señor?

—¡Todo a la basura, ya mismo! —grita y estrella el bate contra una silla.

—Sí, señor. Por supuesto.

El empresario sale de la sala dando un portazo. Juanita mira el trabajo por hacer, preguntándose cuántas bolsas de basura se necesitan para deshacerse de un dinosaurio.

CAPÍTULO 3

Estancia Valle Precioso, Chubut, Argentina, febrero de 2022.

Dicen que el dinero mueve el mundo, pero yo creo que es el sexo. O, mejor dicho, la posibilidad de que haya sexo. Esa anticipación por saber si lo que queremos que suceda, sucederá. Si no, que me expliquen por qué acababa de hacer dos horas de avión desde Buenos Aires a Comodoro Rivadavia y ahora me embarcaba en una hora y media por tierra para escribir un artículo para el que podía haberme documentado con una simple llamada telefónica.

La respuesta se llamaba Teresa Estévez e iba sentada a mi izquierda, al volante de una camioneta que surcaba un campo muy similar al de los alrededores de Cabo Blanco, donde yo había pasado la mayoría de mis treinta y siete veranos. La misma vegetación patagónica baja acostumbrada a la falta de agua. El mismo viento fuerte haciendo que los vehículos se bamboleen. El mismo terreno marrón, infértil y mágico.

Había, eso sí, una diferencia notable entre este campo y el de mis veranos. Allá, las únicas huellas del paso del hombre eran la ruta y los alambrados que cercaban las tierras. En cambio, el que ahora atravesábamos bullía de actividad petrolera. Decenas de aparatos de bombeo subían y bajaban sin prisa pero sin pausa, como cigüeñas metálicas extrayendo un poquito de petróleo con cada picotazo.

Una hora después de haberme recogido en el aeropuerto de Comodoro Rivadavia, cuando faltaban cuarenta kilómetros para la localidad de Sarmiento, Teresa giró a la derecha, abandonando el asfalto.

—Bienvenido a la Formación Lago Colhué Huapi —me dijo, señalando a través del parabrisas la llanura iluminada por la última claridad del día—. Cientos de miles de hectáreas de estepa patagónica erosionada. Un paraíso para gente como yo.

Teresa era paleontóloga. Trabajaba en Trelew para el Museo Paleontológico Egidio Feruglio, el más importante de su disciplina en la Patagonia. Alias «el MEF», porque los trabalenguas no se le dan bien a todo el mundo.

Yo la había conocido en una charla que ella había dado en Buenos Aires sobre dinosaurios argentinos. Después de su ponencia le hice una entrevista para el diario *El Popular* y a los pocos días la invité a tomar un café con la excusa de darle un ejemplar de la edición en la que salía publicada. Podría haberle enviado por email la versión digital o decirle qué día comprar el diario, como hacía con todo el mundo, pero tenía ganas de verla otra vez. Y ella, al parecer, también.

Dormí las siguientes cuatro noches en su hotel. Después Teresa volvió a Trelew y yo aprendí que intercambiar mensajitos de alto contenido erótico se llama *sexting*. No nos habíamos vuelto a ver hasta ahora, dieciocho meses después de nuestro primer encuentro.

Recorrimos quince kilómetros por un camino cada vez más maltrecho. Cuando por fin llegamos, era de noche. Los haces de luz de la camioneta iluminaron una precaria construcción y cinco carpas alrededor. Me pregunté si habría una para mí o si me tocaría compartir con un paleontólogo que llevara siete días a kilómetros de la ducha más cercana. A juzgar por el beso en la mejilla con el que Teresa me había recibido en el aeropuerto, veía difícil que fuéramos a pasar la primera noche juntos.

—¿Están todos durmiendo? —pregunté.

—Sí. Nos acostamos temprano para aprovechar al máximo las primeras horas de la mañana, que es cuando menos calor hace.

Teresa apagó el motor y quedamos a oscuras. La única fuente de luz eran los rescoldos tenues de un fuego. Incliné el cuerpo para mirar hacia arriba por el parabrisas y hacer algún comentario sobre las estrellas, pero, antes de que pronunciara la primera palabra, la mano de Teresa me agarró la cara y la llevó hacia su boca. Me dio un beso con intenciones inequívocas y se subió a horcajadas sobre mí.

—Qué bueno que viniste —murmuró, separando apenas sus labios de los míos.

Recorrí su cuerpo con las manos y comencé a desabrocharle la camisa.

—Vamos a nuestra carpa —me dijo, despejando mis dudas sobre dónde dormiría.

Me guio de la mano por el campamento. Además de nuestros pasos, los únicos sonidos eran el viento, que movía las carpas con violencia, y algunos ronquidos.

Nos metimos en un iglú de lona oscura y caímos sobre algo blando. Nos desnudamos el uno al otro rápido, casi con desesperación. Su piel era aún más suave y tibia de lo que recordaba.

—No podemos hacer ruido —me susurró al oído y me pasó la lengua por la oreja.

Hicimos ruido.

CAPÍTULO 4

Cuando desperté al día siguiente, ella ya no estaba. Del otro lado de la lona se oían voces lejanas que no reconocí.

Al salir, la luz del día me hizo entender por qué Teresa había elegido aquel lugar para plantar las carpas —cada una de un color y una marca distinta—, y convertirlo en la base de operaciones de la excavación del dinosaurio. Un gran acantilado de piedra proveía reparo de los vientos más fuertes y dos tamariscos retorcidos ofrecían algo de sombra. Además, había una vieja construcción de bloques de cemento con las esquinas redondeadas por la erosión, las ventanas tapiadas y un techo que difícilmente habría parado una lluvia. Todo un lujo para estar acampando en uno de los lugares más áridos del planeta.

La única persona a la vista era una mujer que, desde la carpa más alejada, apuntaba hacia mí con una cámara.

Levanté la mano y me acerqué a ella. Esperaba que en algún momento bajara el aparato, pero la única reacción que recibí fue un pulgar hacia arriba.

—No pares. Seguí caminando —me dijo, alzando la voz por encima del viento—. Si querés mirar a la cámara y sonreír, podés.

Junto a su carpa había un rectángulo brillante que, supuse, era una placa solar.

—Hola —dije al llegar a su lado.

Bajó la cámara al mismo tiempo que otra mujer salía de la carpa. Ninguna de las dos superaba los veinticinco años.

—Lo hiciste muy bien —me dijo la que me había filmado.

Tenía un costado de la cabeza rapado y el resto del pelo peinado hacia el otro. Si hubiera tenido que adivinar su profesión por su aspecto, habría dicho que se dedicaba a hacer malabares en un semáforo.

La otra, en cambio, vestía como si fuera una exploradora: pantalón y camisa beige, muchos bolsillos, botas de montaña y un sombrero de paja de ala ancha. Parecía la hermana de Indiana Jones.

—Elizabeth —se presentó.

—Y yo, Eliana —agregó la hippie malabarista—. Acá ya nos conocen como «las Elis». Estamos haciendo un documental sobre el dinosaurio.

—Me parece que se confundieron. Yo soy Nahuel Donaire, no el dinosaurio.

O les gustó mi chiste, o rieron por solidaridad.

—En realidad el documental es sobre esta campaña paleontológica en general —aclaró Elizabeth—. Por eso necesitamos imágenes de la gente en cualquier situación. Lavándose los dientes, comiendo o haciendo fuego.

—Nos faltaba la de alguien saliendo de la carpa recién levantado, porque acá todos madrugan más que nosotras. ¿Sos el novio de Teresa?

—Eh, no. Soy un amigo.

—Ah. ¿Primera vez en la Patagonia?

—En realidad soy de la Patagonia, aunque ahora vivo en Buenos Aires. Vengo a visitar a Teresa, pero sobre todo a escribir un artículo sobre el dinosaurio.

—Vas a contar la misma historia que nosotras, entonces —dijo Eliana, entusiasmada—. ¿Trabajás para algún medio conocido?

—Sí, para *El Popular*.

Las Elis hicieron un gesto de sorpresa al que yo ya estaba empezando a acostumbrarme. Cuando uno dice que trabaja para el diario con más tirada del país, la gente suele comportarse como si de repente estuvieran frente a un famoso.

Me vi con ganas de matizar que este podía ser mi último artículo para *El Popular*. Por la redacción corría el rumor de que se venían recortes fuertes y cualquiera podía caer. Cuando mi jefe me había aprobado el viaje «para aprovechar un dinero que tenemos en el presupuesto y si no, se pierde», también me había dicho que lo disfrutara porque en el futuro no tendría demasiadas oportunidades de cubrir nada fuera de Buenos Aires.

—¿Y ustedes? ¿El documental es para alguna productora conocida?

—La productora es nuestra, pero para este proyecto tenemos un contrato con Bestflix.

Su compañera la fulminó con la mirada.

—Es un contrato de opción —matizó—. No es seguro.

—¡No importa! ¿Bestflix? Eso sí que es primer nivel —dije.

Ahora era yo el impresionado. Teresa me había dicho que se filmaría un documental sobre la excavación, pero no que sería para la plataforma de *streaming* más grande del mundo.

—¿Saben dónde está Teresa? —pregunté.

—Con Bartolo —dijo Eliana, señalando el horizonte—. ¿Querés que te acompañemos?

—Creo que no va a hacer falta —dijo la otra, mirando un punto detrás de mi oreja.

Al girarme, vi a Teresa. Caminaba hacia mí con un sombrero atado a la barbilla para que no se le volara. Cuando me acerqué a ella, Eliana nos apuntó con la cámara.

—¿Cómo dormiste? —me preguntó Teresa, saludándome con un beso en la mejilla—. Te venía a buscar.

—Muy bien, gracias.

—¿Querés ver el dinosaurio?

—Por supuesto.

—Entonces no tardes, que si no te lo vas a perder.

No entendí, pero tampoco hice preguntas. Me tomé un café con unas galletitas que me ofrecieron las Elis y me lavé los dientes frente a una cámara por primera vez en mi vida.

Siempre con las Elis registrándolo todo, nos alejamos del

campamento atravesando un campo de matas bajas que pronto se volvía escarpado y completamente estéril. La escasa vegetación había quedado sepultada bajo grandes médanos de arena gris que parecían trasplantados desde el desierto del Sahara.

—El dinosaurio está a ochocientos metros del campamento —me explicó Teresa—. Un pequeño precio a pagar por algo de sombra y reparo.

Llegamos a un típico alambre divisorio de la Patagonia: siete hilos de acero que se extienden por kilómetros enhebrados en varillas de madera y metal. Teresa se acercó a un poste, desató unos alambres y un tramo de la valla se desplomó al suelo. En mis viajes a Cabo Blanco, de niño, había un mecanismo igual para pasar de un campo a otro.

—¿Este alambre qué divide? —pregunté mientras lo pasábamos por encima.

—La estancia Plumas Negras, que es donde acampamos, de la estancia Valle Precioso, que es la del dinosaurio.

Teresa señaló una ladera suave, unos ochenta metros más adelante. Distinguí a un hombre en cuclillas. Estaba tan concentrado en su tarea que llegamos hasta él sin que notara nuestra presencia.

Tendría unos cincuenta años. Revolvía en un gran recipiente lo que parecía ser yeso. A su lado había una pequeña muralla construida con paquetes de papel higiénico. A ojo de buen cubero, el hombre tenía allí no menos de sesenta rollos. Detrás había varios tubos de hierro oxidados.

—Te presento a Bartolo —me dijo Teresa.

—Nahuel, encantado —lo saludé.

—Yo soy Juan Lavalle. Bartolo es él —me aclaró, señalando un montículo de tierra suelta que parecía traída por un camión.

Al rodearlo, descubrí un foso de unos cuatro metros de largo y tres de ancho. En el centro, como si lo hubieran puesto en un pedestal, había un trozo de roca en el que se adivinaba una mandíbula casi tan larga como yo. Decenas de dientes negros y brillantes resplandecían con el sol fuerte de la mañana de verano. Aunque parte del cráneo estaba cubierto de roca, lo que quedaba expuesto despejaba cualquier duda: era la cabeza de un dinosaurio carnívoro enorme.

CAPÍTULO 5

—Podés tocar, si querés —me dijo Teresa—. Pero cuidado con los dientes, que siguen afilados después de sesenta y siete millones de años.

Preferí limitarme a contemplarlo de cerca, por miedo a romper algo. Ese cráneo de color oscuro incrustado en la roca era el motivo de que ocho personas estuviéramos acampando a cincuenta kilómetros de la población más cercana.

—Impresionante —dije—. Parece un tiranosaurio rex.

El tal Juan me dedicó una sonrisa.

—Veo que el nivel es bajo —acotó sin dejar de remover el yeso.

—¿Acabo de decir una barbaridad?

—Bueno, acabás de decir lo que dice todo el mundo —me explicó Teresa—. En paleontología, el *T-rex* es como el metro patrón. Todos lo comparan con cualquier dinosaurio.

—La culpa la tiene Steven Spielberg —bromeé.

—No vas muy errado —dijo Lavalle—. Ser paleontólogo empezó a ser *cool* con *Jurassic Park*. Antes era muy distinto. Mi mamá se puso a llorar el día que le dije a lo que me iba a dedicar. Fue como si le hubiera dicho que dejaba todo para fabricar ukeleles.

—Juan es un gran técnico en paleontología y un mejor exagerador.

—No exagero. Mi vieja se lo tomó muy mal. Vos no me creés porque la generación de ustedes se crio con el *T-rex*.

—O sea que, aunque a mí Bartolo me resulte parecido a un *T-rex*, no tienen nada que ver —concluí.

—Los dos son carnívoros —me concedió Teresa—. Pero vivieron en lugares muy distintos y con treinta millones de años de diferencia.

—¿Y cuál era más grande?

—Hasta ahora se creía que el *Giganotosaurus*, otro dinosaurio patagónico, era el más grande de los carnívoros. Y el *T-rex* era el más pesado. Pero Bartolo rompe todos los récords. Tiene el cráneo veinte centímetros más largo que el *Giganoto* y treinta más que el mayor de los tiranosaurios. Este sí que, lo mires por donde lo mires, es el carnívoro más grande del mundo.

—De todos modos, lo importante de los fósiles no es el tamaño sino la información que aportan —agregó Lavalle—. Bartolo apareció en rocas de una era geológica en la que no se sabía que su familia existía.

—Eso es igual de raro que encontrar un canguro en Argentina —me explicó Teresa.

—Casi un milagro —apunté, y la miré para ver si entendía la referencia.

La entendió, porque me respondió con una sonrisa. En la conferencia en Buenos Aires donde nos habíamos conocido, ella había iniciado su charla diciendo que la fosilización era un destino tan poco común para cualquier ser vivo que podía considerarse *casi un milagro*.

—Más que un milagro, una anomalía estadística —opinó Lavalle, con la mirada siempre en el yeso—. Hay aproximadamente una posibilidad en un millón de que un cuerpo se fosilice. Para empezar, tiene que haber algo que lo cubra rápidamente antes de que se descomponga.

—¿Una erupción volcánica?

—Por ejemplo —dijo Teresa—. O el sedimento que arrastra la crecida de un río.

—O una tormenta de arena —dijo Lavalle, señalando alrededor.

Noté que algo en la expresión de Teresa se tensaba. Duró un segundo, pero fue muy claro. Después volvió la sonrisa de siempre.

CAPÍTULO 6

—Llegaste justo —me dijo Teresa—. Si hubieras venido mañana, te lo perdías. Hoy hacemos el bochón.
—¿Qué es un bochón? —pregunté.
—Ahora te vas a enterar. Arremangate y pasanos un rollo de papel higiénico a cada uno.
No tenía idea de lo que estaba a punto de pasar, pero le hice caso. Las Elis se acercaron y me apuntaron con la cámara.
—Hacé de cuenta que nosotras no estamos.
Le di un rollo a Teresa y otro a Lavalle. Ambos pusieron varias capas de papel sobre el fósil y luego las humedecieron con un pincel mojado en agua para que tomaran la forma del hueso.
—Ponemos papel para que el yeso no se pegue al fósil —dijo Teresa, señalando el líquido blanco que Lavalle había estado revolviendo.
—Tendrías que ver las caras que ponen en el supermercado cuando nos ven llevarnos tanto papel higiénico —rio Lavalle.
Continuamos hasta que el cráneo quedó como una momia de papel maché. Entonces Teresa desenrolló una tira de arpillera del tamaño de un pantalón, la embebió en el yeso y la puso encima.
—El yeso protege al fósil durante el transporte —continuó Lavalle—. A cada uno de estos paquetes se le llama bochón. De acá va al laboratorio del MEF donde los técnicos separamos el hueso de la roca. Una vez está listo, los paleontólogos

lo estudian.

—¿O sea que acá ya están terminando? —pregunté.

—No. No te asustes que no te hice venir para estar sólo un día. Mirá.

Teresa se alejó cuatro pasos del cráneo y señaló el suelo. Hasta yo pude distinguir la garra curva de un color diferente al resto de la roca. Quizás me ayudó que estaba señalizada con un triangulito de plástico amarillo, como la escena del crimen en una película, con una piedra plana encima para que no se volara con el viento. Después señaló un hueso largo y casi tan alto como yo, descubierto apenas un centímetro.

—Acá tenemos trabajo para rato —dijo, señalando otros triangulitos amarillos.

—Si me ayudan, terminamos más rápido —intervino Lavalle desde su puesto de trabajo.

Volvimos junto a él y Teresa continuó asignándome tareas de nivel mono amaestrado. Mezclar yeso, cortar arpillera, mojar la arpillera en el yeso y pasársela a ellos para que siguieran convirtiendo el cráneo en una enorme momia blanca.

Cuando el fósil estuvo completamente envuelto, Teresa y Juan me dieron el honor de poner la última capa de tela enyesada. Eliana se encargó de filmarme de cerca mientras Elizabeth disparaba fotos con la velocidad de un arma automática.

Como si aquello no fuera lo suficientemente incómodo, cuando levanté la cabeza vi que se había sumado un chico de unos treinta años, también con una cámara. Las Elis nos grababan a nosotros y él, a todos.

—Él es Jacinto —me lo presentó Elizabeth.

El chico me saludó con una sonrisa. Era tan rubio que rozaba lo albino. De no ser por su acento porteño, yo habría dicho que era noruego o finlandés.

—¿También trabajás en el documental? —le pregunté.

—No, para nada —rio.

—Jacinto viene de parte de uno de nuestros *sponsors* —me explicó Teresa.

—Los que ponen la plata para todo esto —intervino el chico, señalando alrededor con el dedo índice.

—Bueno, en realidad el dinero viene de varias fuentes —matizó Teresa—. Y una de ellas es la empresa TransAmerican Energy, para la que trabaja Jacinto.

No me hizo falta preguntar más. Cualquier patagónico sabía que TransAmerican Energy era una de las petroleras más grandes del mundo. Tenía la sede en Estados Unidos, pero extraía petróleo desde la Patagonia hasta el Golfo Pérsico.

—Estoy haciendo un corto institucional —explicó—. Minuto y medio, más o menos. Para mostrar adónde van los fondos.

—Los fondos van a los bolsillos de los accionistas —dijo Teresa—. A nosotros nos dan migajas. Hace tres años mi jefe firmó un acuerdo en el que, a cambio de la camioneta en la que te fui a buscar a Comodoro, TransAmerican tiene los derechos para filmar todas las excavaciones de nuestros paleontólogos por un plazo de cinco años. Después lo publican en sus redes, en conferencias y lavan su imagen corporativa.

Teresa hablaba con la sonrisa de una madre que se muerde la lengua para no regañar a su hijo delante de extraños. Jacinto asintió satisfecho, como si acabaran de felicitarlo.

CAPÍTULO 7

Después de otra hora de trabajo, Lavalle se puso de pie por primera vez y se desempolvó las manos chocándolas entre sí.

—Listo, ahora tenemos que esperar que el yeso se seque. En un par de días damos vuelta al bochón para cerrarlo.

Miré el gran huevo blanco unido al suelo por un estrecho pedestal de piedra. Parecía un champiñón gigante.

—¿Cuánto pesará? —me pregunté en voz alta.

—Entre 700 y 800 kilos —respondió Lavalle.

—¿Cómo van a hacer para moverlo?

—Con un trípode y un aparejo —dijo, señalando los tubos oxidados detrás de los pocos paquetes de papel higiénico que quedaban sin abrir.

—¿Tenés hambre? —me preguntó Teresa.

—Mucha.

—Entonces volvamos al campamento que te presento al cocinero.

—Yo también voy —dijo Lavalle—. Hay que aprovechar. En los treinta años que llevo buscando dinosaurios, es la primera vez que tenemos a alguien que nos cocine.

Emprendimos el regreso dejando atrás a las Elis y a Jacinto, que habían decidido quedarse a hacer diferentes planos del dinosaurio enyesado. Cuando estábamos a mitad de camino, me sorprendió un ladrido a mi derecha. Un perro negro corría hacia nosotros a toda velocidad.

—¡Gala! ¡Gala, *come here*! —la llamaba un hombre que iba tras ella.

La perra ni siquiera se dio vuelta para mirarlo. Cuando llegó junto a nosotros, dejó de ladrar y se dedicó a olerme los pies.

—Hola, Gala —la saludó Teresa, y se agachó para rascarle detrás de las grandes orejas.

El hombre que la seguía vestía vaqueros cortados a la altura de las rodillas, barba blanca y una franja de pelo cano en los laterales del cráneo recogidos en una colita. La parte alta de la cabeza, totalmente lampiña, estaba perlada de sudor.

—Nahuel, este es Harry Patt, uno de los paleontólogos más importantes del mundo.

—No seas exagerada, *Terisa* —intervino el hombre con un fuerte acento yanqui.

—Además, es experto en falsa modestia.

El hombre rio y murmuró algo en inglés que no entendí.

—Harry fue mi director de tesis en Filadelfia. Es especialista en dinosaurios carnívoros. En cuanto supe que íbamos a excavar a Bartolo, le dije que tenía que venir.

—Yo, encantado. Siempre disfruto mucho de la Patagonia. Y Gala también.

Mientras la perra le lamía la mano a su dueño, me percaté de que el arnés que le rodeaba el torso llevaba enganchada una caja plástica del tamaño de una goma de borrar.

—¿Qué es eso? —pregunté.

—Una dóberman a la que decidí no cortarle la cola ni las orejas.

—No, me refiero a…

—¡Ah! ¿El aparato? Es un GPS.

—¿Una perra con GPS?

—Sí. Le puse Gala, pero debería llamarse Houdini. Es una escapista nata. Aquí no hay problema porque, vaya donde vaya, no corre peligro.

Estuve a punto de hablarle a Patt del trágico encuentro que había tenido, casi veinte años atrás, mi perro Bongo con un puma.

—Cuando se escapa, este aparato me sirve para rastrearla. Aunque aquí no funciona, porque no hay señal de teléfono. Debería quitárselo.

Hablamos un poco más sobre perros y, después de que Teresa le hiciera a Harry un breve resumen de quién era yo, reemprendimos nuestro camino hacia el campamento.

—Este tipo, fuera de joda, es una eminencia —me dijo Teresa en voz baja para que no escuchara Harry, que caminaba con Juan Lavalle unos metros por delante—. Es un lujo tenerlo acá. Además, viene pagado por su empleador. No tuvimos que poner un peso para traerlo. Tampoco hubiéramos podido.

—¿Para quién trabaja?

—Es el mandamás de la sección de dinosaurios del Museo de Historia Natural de Nueva York.

—Con ese cargo, me lo hubiera imaginado de traje y corbata.

—No. Harry es un paleontólogo de pura cepa. Le encanta estar en el campo y además tiene debilidad por la Patagonia. Gracias a él, su museo le compró al MEF una réplica del *Patagotitan*. La tienen montada en una sala enorme, pero el dinosaurio es tan grande que la cabeza sobresale por la puerta. Fue una movida de márketing brillante ideada por él. Con Bartolo, Harry nos va a abrir puertas muy importantes en la comunidad científica.

—¿Y qué pide a cambio?

—Nada —me dijo Teresa, sorprendida—. Es una persona muy generosa, como gran parte de los científicos.

Asentí. Evidentemente Teresa y yo nos movíamos en círculos muy distintos. Para mí los generosos de verdad eran como los chupacabras: había quien afirmaba que existían, pero yo nunca me había cruzado con uno.

CAPÍTULO 8

Dentro de la precaria construcción que presidía el campamento, Teresa me presentó a un hombre de unos cuarenta años, con ojos celestes y el pelo atado bien tirante, como un jugador de fútbol de los noventa.

—Este es Eduardo, nuestro cocinero.

—Encantado. Siéntense donde más les guste que ahora viene el mozo y les toma el pedido.

Teresa y yo soltamos una risa al mismo tiempo. El lugar no tendría más de cuatro metros por cuatro y se caía a pedazos. En el centro había una mesa improvisada con caballetes rodeada por unos bancos de madera añejos y desvencijados.

—Cuánta historia que tiene este lugar, ¿no? —dije, mirando alrededor.

—Cuando la zona era próspera, cada campo tenía uno o dos de estos puestos —explicó Teresa—. Son ranchitos donde vivía una persona encargada de una parte del campo demasiado alejada de la casa principal. Recuerdo al último puestero que vivió acá. Se llamaba Horacio y, como muchos trabajadores rurales de la zona, él también descubrió un dinosaurio.

Teresa abrió la puerta del puesto de par en par hasta que el viejo picaporte chocó contra la pared.

—Esta puerta tiene una particularidad —dijo.

Al soltarla, volvió a cerrarse con un chirrido.

—No se queda abierta. Durante años Horacio le puso una vértebra para aguantarla. Un día una paleontóloga la vio y le

preguntó dónde la había encontrado. Al año siguiente desenterraron un esqueleto muy completo al que terminaron llamando *Huapisaurus horacioi*.
—¿Fuiste vos esa paleontóloga?
Mi pregunta pareció incomodarla.
—No, yo no. Otra. Se llamaba Sara —dijo, mirando de reojo a Juan Lavalle.

CAPÍTULO 9

Cuando terminamos la sobremesa y salimos del puesto, le hice un comentario a Teresa sobre ir juntos a dormir una siesta. Pero ella me respondió que tenía otros planes y me indicó que me subiera a la camioneta.

—¿Adónde vamos?
—A la casa de mis padres. Está a diez kilómetros.
—¿Qué?
—Valle Precioso es propiedad de mi familia. Yo nací y me crie en este campo.
—¿El dinosaurio es de tu familia?
—No, el dinosaurio es del Estado, pero está en el campo de mi familia. Si hubieras prestado más atención a mi charla en Buenos Aires, sabrías que Argentina es uno de los países con leyes más estrictas en cuanto a fósiles. No se pueden comprar, vender, regalar ni sacar del país salvo para préstamos a museos.
—Probablemente estaba distraído admirando a la ponente —bromeé—. ¿Quién me iba a decir a mí que un año y medio después me iba a presentar a sus padres? Digo yo, ¿no es un poco pronto?
—Ellos dicen que te quieren conocer y yo no soy quién para negarme.
—¿Ellos pidieron conocerme?

En la expresión de Teresa había una sonrisa que me dejaba claro que disfrutaba de mi completo desconcierto.

—Esperá y te vas a enterar. Además, visitar a mis padres es

una experiencia única.

—Muy bien —acepté, siguiéndole el juego.

—También te llevo porque necesito mano de obra barata. Bueno, gratis. Tenemos que cargar unas bolsas de yeso y carne.

—Eso no es problema. Estoy acostumbrado a que se aprovechen de mi fuerza descomunal —dije, tocando mis bíceps tamaño mini.

Recorrimos durante diez minutos un camino diferente al que habíamos tomado para venir desde el asfalto. Conforme avanzábamos, las dunas se volvían más grandes y numerosas. Finalmente, en el horizonte aparecieron unos árboles que asomaban de un bajo en el terreno.

—Es ahí —dijo Teresa.

A medida que nos acercábamos, mi cerebro intentaba sin éxito comprender lo que estaba viendo. Como en un cuadro de Escher, los árboles que parecían detrás de una loma estaban en realidad dentro de ella. Literalmente, enterrados hasta la mitad en arena. Poco después distinguí el techo de la casa. Sólo el techo. Chapas y un tubo galvanizado a modo de precaria chimenea. Nada más. Donde deberían haber estado las paredes sólo había tierra.

—¿A que nunca habías visto algo así?

—¿Tus padres viven bajo tierra?

—Sí.

—¿Por qué?

—Porque no les queda alternativa.

CAPÍTULO 10

Teresa estacionó la camioneta a veinte metros de la casa enterrada. Dos perros aparecieron detrás de un pequeño médano y corrieron hacia nosotros a toda velocidad mientras ladraban.

—¡Fausti! ¡Nita! Tranquilos. Nahuel es un amigo. —los saludó Teresa, poniéndose en cuclillas.

Mientras los perros le lamían los brazos y el cuello, una pareja de sesentones se nos acercó por el mismo camino que los animales. El hombre era delgado, de pelo blanco y sombrero de cuero. La mujer, también delgada, llevaba puesto un delantal encima de una camisa y pantalones. En cuanto los tuvo a tiro, Teresa se lanzó a sus brazos y los llenó de besos.

—¿Cómo está lo más lindo del mundo? —le preguntó la mujer.

—No sé, eso me lo tenés que decir vos —respondió Teresa, dándole otro beso.

—Papá, mamá, él es la persona que llevan tanto tiempo queriendo conocer.

Tragué saliva.

—¿Nahuel Donaire? —preguntó el padre.

—Sí —dije, titubeando.

El hombre me estrechó la mano efusivamente y me ofreció una sonrisa. Para alguien de campo, eso era equivalente a un abrazo.

—Anselmo Estévez. Soy fanático tuyo.

—Ay, yo también —exclamó la mujer y me saludó con un

beso—. Manuela, encantada.

Miré a Teresa pidiéndole una explicación, pero ella se limitó a soltar una risita. Estaba disfrutando a lo grande de mi estupor.

—Nos encantó el libro de Fabiana Orquera —añadió el hombre.

—¡Ah! Era eso.

—¿Qué pensabas que era?

—No, nada. ¿En serio lo leyeron?

—Por supuesto. Igual que casi todos los estancieros de la zona.

Eso sí que no me lo esperaba. Era cierto que Carlucho y Dolores, los mejores amigos de mis padres y dueños de la estancia donde transcurría la historia, me habían dicho que a otros ganaderos de los alrededores de Puerto Deseado les había gustado. Pero nunca me hubiera imaginado que la historia de esa mujer desaparecida pudiese despertar interés a más de cuatrocientos kilómetros.

—No somos mucho de compartir en redes sociales —añadió el hombre—. Pero acá sos famoso.

Sonreí ante la ironía de la vida. Para mi editorial, el libro había sido un fracaso.

—¿Viste que te ibas a llevar una sorpresa? —me dijo Teresa.

—¡Sorpresón!

—Al contrario de lo que la gente piensa —retomó el hombre—, en estos campos se lee mucho. No tenemos televisión, ni internet y sólo llegan dos estaciones de radio.

—Bueno, vengan, pasen —dijo su esposa, dando media vuelta.

Cuando llegamos junto a la casa, me percaté de que no estaba enterrada del todo, sino embutida en la ladera de una duna. La fachada estaba algo más despejada que las demás paredes. Allí la arena sólo levantaba medio metro, haciendo que las ventanas parecieran inusualmente bajas.

Subimos cuatro escalones improvisados con ladrillos hacia

la puerta de entrada, que parecía hecha para los enanos de Blancanieves. Anselmo Estévez golpeó con los nudillos la parte superior del umbral.

—Cuidado con la cabeza.

La puerta en realidad tenía un tamaño normal, pero parecía pequeña por las tres tablas clavadas a la parte inferior del marco. Su objetivo era impedirle el paso a la arena y lo cumplían tan bien que el nivel del suelo se había elevado casi medio metro.

Pasamos a un comedor humilde, con una cocina de leña a un lado y una mesa con cuatro sillas al otro. Todo, absolutamente todo, estaba cubierto de polvo.

—Limpiamos hace cinco días, aunque no lo creas. Si hubiéramos sabido que venías, limpiábamos otra vez —dijo la señora, lanzándole una mirada reprobatoria a su hija.

—El viento trae arena constantemente —explicó Teresa.

—Tanta que, de aquel lado de la casa, ya llega al techo —añadió Manuela—. Tuvimos que clausurar todas las ventanas.

—¿Antes no era así?

—Antes esto era el paraíso —intervino Anselmo Estévez—. Teníamos frutales, muchas ovejas, algunas vacas, cazábamos nutrias en los juncales y hasta pescábamos truchas en el lago.

—¿Qué lago?

El hombre señaló a través de la ventana sucia.

—El Colhué Huapi. Hace veinte años, si te parabas donde está ese poste, te mojabas los pies. Ahí había un muellecito de madera.

El poste al que se refería Anselmo Estévez estaba a cien metros de la casa, sobre una línea donde las matas semienterradas por la arena daban paso a una llanura yerma que se extendía hasta el horizonte.

—¿Se secó el lago? —pregunté.

—Sí. Algunos dicen que es un ciclo normal, porque es muy poco profundo. Tres metros, como mucho. Pero yo, que lo vi con agua, te puedo asegurar que esto de normal no tiene nada. Mi abuelo compró este campo en el año 25, y en casi cien años es la primera vez que pasa esto de manera tan extrema.

—Esta casa está al este del lago —explicó Teresa—. Como ya sabés, en la Patagonia el viento viene siempre del oeste. Cuando el lago tenía agua, el aire venía cargado de humedad, pero ahora que el Colhué es una planicie seca de veinte kilómetros de ancho, la arena forma dunas que arrasan con todo.

—¿Por qué se secó?

Le hice la pregunta a Teresa, pero ella se limitó a mirar a su padre.

—Porque al río Senguer le están chupando agua como locos —dijo Estévez, y enumeró con los dedos de la mano—. Primero, sacan un canal en cada campo que atraviesa. Segundo, llegando a Sarmiento derrochan regando por inundación. Tercero, cuando hicieron el acueducto para llevar agua a Comodoro Rivadavia y a Caleta Olivia, bloquearon por completo el río que venía del lago Musters. Y, cuarto, las petroleras inyectan agua en los pozos.

Anselmo Estévez cerró la mano en un puño. Un relámpago egoísta me hizo ver en la historia de ese hombre un nuevo artículo para el diario. Un lago desaparecido que estaba, literalmente, enterrando familias.

—¿Hay mucha gente en su misma situación?

—Uffff —dijo Estévez levantando el brazo, como para indicar que se trataba de una gran cantidad—. Todas las estancias al este del Colhué Huapi. Somos como diez familias.

—Ya hablamos con todos los políticos que te puedas imaginar —añadió su esposa—. Pero poca gente son pocos votos. Ni siquiera nos ayudan a mover la casa a la otra punta del campo, cerca de donde están ustedes con el dinosaurio. Ahí no hay tanta arena.

—Encima ahora vienen los de las motos —añadió Estévez.

—Papá, no sé si es el momento para...

El padre de Teresa levantó la mano, indicándole a su hija que lo dejara hablar.

—Acá viene mucha gente a hacer enduro. Sobre todo, de Comodoro. Petroleros que no saben en qué gastar la guita, se compran tremendas motos y van buscando lugares cada vez más peligrosos. Y el Colhué Huapi es muy peligroso.

—Abajo de la capa seca hay metros de barro —me explicó Teresa—. Si te quedás empantanado, estás en el horno.

—No les podemos prohibir el paso. Por ley, el acceso a las aguas tiene que estar abierto. Y aunque no lo parezca, esto sigue siendo un lago.

Estévez tomó un mate e hizo una sonrisa irónica.

—Yo, que soy un muerto de hambre, no puedo poner un candado porque me denuncian. Pero en la cordillera los millonarios yanquis compran miles de hectáreas y cierran acceso a lagos constantemente. ¡Andá a decirles a ellos que tenés derecho a pasar! ¡Te saca cagando el ejército de matones que tienen contratado!

—Le estabas contando a Nahuel el tema de la sequía, papá.

—Es todo lo mismo. Si no fuera porque el lago se seca, no estarían los de las motos. Y son los de las motos los que dos por tres me golpean esa puerta y me dicen que «pasaban a saludar». ¡Andá a saludar a tus amigos y a mí dejame de romper las pelotas!

—Hay una creencia entre la gente de ciudad —me explicó Teresa, aunque no me hacía falta—, de que, como la gente del campo está muy sola, siempre recibe con alegría a las visitas.

—Alegría no. Cortesía, que es muy diferente. Eso nos viene de los tiempos de antes. A caballo, tardabas tres días en llegar a Comodoro. Entonces parabas en cualquier estancia, te daban un lugar para tirar tus pilchas y se te ofrecía un plato caliente. Era simple: sin cortesía, el viajero se moría. Pero una cosa es un viajero y otra es un intruso.

—Bueno, pa, cambiemos de tema. Nosotros vinimos a buscar yeso y carne.

—Ponelas en un artículo todas estas cosas —continuó Estévez—. Escribí del dinosaurio, pero escribí también de la sequía, de los que se benefician con el agua que nos roban, de las motos y de los magnates que cierran lagos.

—Son todos temas muy interesantes.

—No. No son interesantes. ¡Son urgentes! —me corrigió—. Urgentes, ¿me entendés?

Asentí, aunque tendría que haber respondido que no. Para entender a Anselmo Estévez debería haber visto con mis propios ojos cómo el sacrificio de mis antepasados se convertía en polvo sin que yo pudiera hacer nada para evitarlo.

CAPÍTULO 11

Mientras charlábamos, entró en la casa un hombre que tendría cinco años menos que yo. Debajo de la ropa de fajina adiviné brazos gruesos, fibrados, y unos hombros redondos. Por el cuello musculoso subía una serpiente tatuada con un estilo muy vívido, en colores verdes y amarillos. Parecía reciente.

—Este es mi hermano Germán —me lo presentó Teresa.

—Nahuel Donaire —dije, dándole la mano.

—Yo no leí tu libro.

—Bueno, no pasa nada.

Germán se dirigió a su hermana.

—Te puse medio cordero en la caja de la camioneta.

—Gracias, hermanito.

—¿Pueden tener animales todavía? —pregunté.

—Pocos —dijo Germán—. Acá, cero. Pero el campo es grande, tiene quince mil hectáreas. Hay un rincón en la parte de abajo, cerca de donde está el dinosaurio, en el que no llega tanta arena. Ahí tenemos unas trescientas ovejas.

Hice números. Los amigos de mis padres tenían en Las Maras entre tres y cuatro mil animales y aquello apenas les alcanzaba para cubrir gastos y vivir dignamente. Con trescientos, la economía de los Estévez tenía que ser puras penurias.

—Encima los pumas en esa zona están haciendo estragos —agregó el padre.

Un escalofrío me recorrió la espalda. Recordar a Bongo, el perro que me había salvado de un encuentro con un puma.

Aquel día había nacido la primera de mis fobias. O, como las llamaba mi terapeuta, disparadores de ansiedad.

Cuando Teresa anunció que era hora de volver al campamento, salimos todos de la casa. Mientras ella y yo cargábamos bolsas de yeso en la camioneta, vi que Estévez le pasaba una escoba a una especie de caja con la tapa de vidrio. Debajo del cristal apareció un metro cuadrado de un color verde intenso que desentonaba con el entorno.

—Vení. Mirá —me dijo al ver que me interesaba—. Es mi mini invernadero.

Abrió la tapa de vidrio, hecha con una ventana vieja, y me mostró un cajón lleno de tetrabriks de leche a los que les había cortado la parte de arriba para usarlos de maceta. De cada uno asomaba una plantita de entre veinte y treinta centímetros de alto.

—Estas tres son cerezas, estas dos son ciruelas, estos de acá son membrillos y el resto son peras y manzanas.

Me llamó la atención que Estévez no usaba el nombre de la planta sino el de sus frutos. Decía «peras» en vez de «perales» y «cerezas» en vez de «cerezos».

—¿Dónde las va a plantar?

—Acá, alrededor de la casa. Donde siempre tuvimos los frutales.

Asentí en silencio.

—Pensarás que estoy loco, pero no. Tengo esperanza, que es distinto. El lago es de naturaleza cíclica. Los científicos dicen que ha habido otros períodos de sequía siglos atrás. Tendría que llover mucho, pero no pierdo la fe. Yo vi con mis propios ojos a mi viejo sacar una red llena de truchas de ahí mismo, donde ahora parece Marte.

El hombre señaló hacia el lago seco.

—Si el Colhué Huapi se llena, se acabó la arena. Y si deja de acumularse, esto en un par de meses lo tenemos limpio. ¿Te imaginás, Manuela?

La mujer de Estévez le sonrió como se le sonríe a un niño que quiere permanecer despierto para atrapar al ratón Pérez.

—Y si eso pasa, yo ya tendré mis arbolitos. Pueden estar dos, tres o cuatro años en maceta.

—Pero si hay tanto desvío del agua río arriba, ¿cree que el lago podrá volver a llenarse alguna vez?

—Sí, porque la naturaleza es mucho más grande que cualquiera de nosotros. Es capaz de llenar el lago a pesar de que le estén chupando la sangre.

Quizás haber dicho «peras» y «cerezas» no era una forma extraña de hablar, sino consecuencia de un optimismo absoluto. Donde el resto del mundo veía una pequeña plantita, Estévez era capaz de visualizar los frutos que alguna vez daría. Recordé la famosa frase de Martin Luther: «Aunque supiera que el mundo mañana se romperá en pedazos, yo igual plantaría mi manzano».

O quizás sólo era una estrategia para no volverse loco.

CAPÍTULO 12

Tras despedirnos de los Estévez, Teresa me llevó hasta lo que había sido la orilla del lago. Dos hileras de pilones de madera resquebrajada se internaban en una planicie seca y cuarteada que se extendía hasta donde me daba la vista.

—Espero que no sea demasiada intromisión —dije—, pero ¿cómo se mantienen a flote tus viejos, económicamente?

—Hacen malabares. En la época de vacas gordas, muchísimos años atrás, compraron dos casas en Sarmiento. Hoy sobreviven gracias a esos alquileres. Pero este lugar es una sangría de gastos: viajes a Sarmiento todas las semanas a comprar, siempre hay algo que apuntalar antes de que se caiga y una vez por año hay que contratar una máquina para que despeje la entrada a la casa. Esto es un barco viejo que tarde o temprano se va a hundir, por más parches que le pongan.

No era difícil darle la razón. Yo sabía perfectamente que un campo en la Patagonia árida tenía muchos gastos y daba poca rentabilidad.

—Por suerte ahora tienen un ingreso extra con la salina.

—¿Hay una salina?

—Sí, pero nunca se había explotado.

—¿Por qué?

—Cuando en este campo había agua, pesca y ovejas, nadie le prestaba atención a una pequeña salina que no es más grande que una cancha de fútbol. Ahora es diferente. Papá la empezó a trabajar de forma artesanal y la exporta como «La sal del fin del mundo». Ya sabés que en la Patagonia a todo le ponemos «del fin del mundo» para darle más mística.

Me constaba. Había un tren, un ferry, un hotel y hasta una bodega con ese nombre. Eso sin contar los cientos de comercios, casi todos orientados al turismo, desperdigados por las cinco provincias patagónicas.

—Una vez por mes viene un camión que la carga y se la lleva a Puerto Deseado. De ahí sale en barco para Europa, Estados Unidos, Emiratos Árabes o cualquier país con gente dispuesta a pagar cuatro o cinco dólares por cien gramos.

—Lo bueno de ese negocio es que no le afecta la sequía —observé—. Y mientras la Patagonia siga estando de moda, supongo que le podrán sacar un buen precio.

—Más o menos. La sal de lugares exóticos se vende carísima en los países que la importan, pero eso no significa que a mi papá se la paguen bien. Como suele decirse: hay mucho dinero en el negocio de los alimentos, salvo que seas quien los produce.

Reí porque no se me ocurrió de qué otra manera reaccionar. No había escuchado nunca la frase, pero me constaba su veracidad.

—Pero sí —continuó Teresa—, gracias a esta fiebre *gourmet* que hay en el mundo, hoy es económicamente viable explotar una pequeña salina. No es como antes, que para que fuera rentable tenía que mover mucho volumen. Como la de Cabo Blanco, no sé si te suena. Es un lugar donde casi te cosen a balazos.

Teresa hizo una pausa y me miró con una sonrisa pícara.

—Yo también leí tu libro.

—Al final va a resultar que soy famoso y no me enteré. Como el cantante Sixto Rodríguez.

—¡Me encanta Sixto Rodríguez! —exclamó y se puso a cantar *Sugar Man* en un inglés que a mí me pareció impecable. Me hizo señas para que me sumara, pero sólo pude tararear y hacer un poco de *playback* porque, aunque tenía la melodía grabada a fuego, ignoraba la letra.

Noté en su cara un cierto alivio, como si cantar la distrajera del panorama desolador que rodeaba a su familia.

Supuse que ella habría sido igual de feliz en Valle Precioso de lo que yo lo había sido los veranos en Las Maras. Imaginé la casa de Carlucho y Dolores cubierta de arena, los árboles secos y los animales muertos. Ni siquiera Carlucho, experto en poner a trabajar a parientes y amigos, podría haberle plantado cara a un desastre así.

—Bueno, esta es mi familia —dijo a modo de resumen.

Antes de que pudiera pensar en qué responderle, señaló hacia la casa. Germán, su hermano, caminaba hacia nosotros con paso apurado.

—Eh, vos —me dijo.

—¿Yo? —pregunté.

—Sí, vos. Si mi viejo te dice que va a criar unicornios, le decís que sí y le tirás buena onda, ¿me entendiste?

El comentario me agarró tan por sorpresa que no supe qué responder.

—Dejate de joder, Germán —lo increpó su hermana.

—A ver si le explicás a tu noviecito que lo único que le queda a papá es la esperanza de que esto vuelva a ser como antes.

—Germán, Nahuel no tiene nada que ver con lo que le pasa a papá.

—«Hay mucho desvío del agua río arriba, ¿cree que el lago podrá volver a llenarse alguna vez?» —dijo Germán con voz exageradamente aguda y moviendo la cabeza para imitarme.

—No tendría que haberlo dicho... —concedí.

—¿Vos creés que hay algo que nos puedas decir sobre nuestro campo que nosotros no hayamos ya pensado? ¿Creés que mi viejo necesita que venga un porteño a abrirle los ojos?

Mientras hablaba, la serpiente tatuada en el cuello adoptaba el relieve de las venas infladas.

—Germán, yo soy de Puerto Deseado. Tan patagónico como vos.

—Sí, tan patagónico que vivís en Buenos Aires. Escuchame

bien lo que te voy a decir: de ahora en adelante, si hablás con mi viejo es para decirle algo bueno. Si no, cerrá la boca.

Sin darme tiempo a responder, dio media vuelta y echó a caminar en dirección a la casa.

—Perdón. Mi hermano pierde fácilmente los papeles.

—No pasa nada. En parte tiene razón. Pero su reacción me parece muy desproporcionada.

—A mí también, pero hay que tenerle paciencia. No es por justificarlo, pero tuvo una vida difícil.

Teresa selló los labios y supe que no debía hacer más preguntas. Para restarle importancia al asunto, le dije que el viento le había dejado los pelos como los de un espantapájaros y le di un beso.

CAPÍTULO 13

El despertar fue dulce. Teresa recorría mi cuerpo con la mano, recreándose en la parte baja de mi vientre. Abrí apenas los ojos, sonreí y me pegué a ella. Perdimos pronto la ropa con la que nos habíamos abrigado del frío patagónico, que ni siquiera perdonaba en las noches de verano.

Habían pasado ya tres días desde que yo había llegado al campamento, y aquel momento de la mañana estaba convirtiéndose en un delicioso ritual. Durante el resto del día, yo escribía o ayudaba con tareas simples mientras Teresa se dedicaba a desenterrar a Bartolo. Pero en esa primera hora de la mañana no importaba nada más que nosotros dos.

Dentro de ella, me movía lentamente. A lo lejos se escuchaba el trajín de frascos y cucharas. Seguramente Eduardo preparando el desayuno.

Esta vez, ninguno de los dos hizo ruido. Ella gemía sólo para mi oído y yo le mordía el cuello. Después de un rato, se separó para mirarme a los ojos. Sonrió, asintió con la cabeza y comenzó a moverse más rápido.

—¡Teresa! —gritó del otro lado de la lona una voz de hombre que no reconocí.

Sin dejar de mirarme, abrió la boca para contestar.

—¡Teresa, vení ya! —insistieron.

—En cinco minutos estoy —respondió con voz ronca.

—¡Ya! Tenés que venir ahora mismo.

—Bueno, me visto y salgo. ¿Qué pasó?

—Rápido. Es muy serio.

Teresa se vistió a toda prisa, me tiró encima mi propia ropa para taparme y abrió la carpa.

—Vení —escuché que le decía el hombre y los pasos de ambos se alejaron a toda velocidad.

Dejé caer la cabeza en la esterilla y cerré los ojos, saboreando todavía el momento dulce que acababa de quedar trunco. Pronto más voces preocupadas se sumaron a la del hombre. Cuando asomé la cabeza por la carpa, todos corrían en dirección a la excavación de Bartolo.

Me vestí y salí tras ellos. El hombre que iba junto a Teresa vestía manga larga y un sombrero de ala ancha con una tela que le protegía la nuca del sol. La única parte expuesta de su piel eran las manos y la cara. Oscuras, de color chocolate. Por su acento porteño, deduje que pertenecía a una diminuta minoría de la sociedad argentina formada por descendientes de africanos. Tan poco común era encontrarse con un afroargentino que me resultó sorprendente incluso después de llevar siete años viviendo en la ciudad más cosmopolita del país.

Cuando les di alcance, el hombre le hablaba a Teresa a toda velocidad.

—… Anoche terminé tarde el bochón de la tortuga. No me podía dormir, así que con la primera luz recogí mis cosas y vine para acá. Al pasar por la excavación, me encontré con esto.

—No puede ser, Alfredo. Tiene que haber un error.

Al oír el nombre comprendí que era Alfredo Borrás, uno de los paleontólogos más famosos en Argentina. Borrás había descubierto, hacía tres décadas, al *Giganotosaurus carolinii*, el dinosaurio al que Bartolo le había arrebatado el título del carnívoro más grande del mundo.

No habíamos coincidido hasta ahora en el campamento porque, según me contó Teresa, un día antes de mi llegada él se había separado del grupo para acampar junto a una tortuga fósil situada a una hora de donde nos encontrábamos.

—No puede ser —repitió Teresa.

—¿Qué pasó? —pregunté.

—Nos robaron a Bartolo —dijo Borrás.

Me resultaba imposible creerlo. Al no ver el bochón con el cráneo, había asumido que alguien se lo habría llevado a otro lugar. Después de todo, hacía catorce horas yo mismo había ayudado a Teresa y a Juan a separarlo de la roca, girarlo con el trípode y terminar de enyesarlo.

—Tiene que haber un error —dijo Teresa mirando alrededor, como si alguien hubiera movido por accidente un amasijo de ochocientos kilos.

—También se robaron el trípode y el aparejo —añadió Lavalle desde unos metros más allá.

Mientras todos miraban alrededor, buscando algo fuera de lugar en la meseta, me acerqué al sitio exacto donde habíamos dejado el bochón después de cerrarlo.

El suelo estaba lleno de surcos, como si alguien hubiera pasado un rastrillo. Junto a una roca encontré un pequeño hueso blanco, del tamaño de un caramelo, rodeado con varias vueltas de un fino hilo del mismo color. Al levantarlo, descubrí que el hilo ataba el hueso a un pequeño papel doblado.

—Teresa, mirá esto.

Teresa me arrebató el hueso de las manos.

—Es una falange de una mano izquierda —dijo.

—¿Un hueso humano?

Con dedos temblorosos, deshizo el nudo y desdobló el pequeño papel.

—«No hacía falta que ella muriera. ¿Cómo llegarás al viento y a la luna? ¿En moto? ¿En barco?» —leyó en voz baja.

Con la velocidad de un ratón, se guardó todo en el bolsillo. Miró por encima del hombro hacia sus compañeros, que señalaban algo en el suelo a diez metros de nosotros.

—A ellos, ni una palabra —me dijo.

CAPÍTULO 14

—¿Encontraron algo? —nos preguntó Juan Lavalle.
—Sí —dije, y noté que Teresa me fulminaba con la mirada. Señalé las líneas paralelas en el polvo.
—Parece que rastrillaron la arena para borrar las huellas —expliqué.
—Allá hay rastros de un vehículo —dijo Lavalle.
Lo seguimos hasta el lugar donde el resto miraba en el suelo unas impresiones de neumáticos gruesos que se iban hacia el sudeste por el medio del campo. Conté hasta ocho huellas diferentes. Probablemente un solo vehículo que se había ido por el mismo lugar por el que había llegado.
—¿Qué hay en esa dirección? —preguntó Eliana.
—A un kilómetro, más o menos, está el alambrado —respondió Teresa con la mirada perdida.
—¿El que divide el campo donde estamos acampando del de tu familia?
—Sí y no.
Teresa se alejó de las huellas y dibujó con el pie una letra T en el suelo.
—La parte de arriba es Valle Precioso, el campo de mi familia.
—Donde estamos ahora —aclaró Lavalle.
—Exacto. Lo de abajo a la izquierda es Plumas Negras, donde acampamos. Y al este hay otro campo, que lleva años abandonado. Fueron una de las primeras familias en irse de la zona.

—¿Creés que los ladrones salieron por ahí?
—Difícil. Esos caminos están sin mantener y no se puede transitar muy rápido.
—¿Hay muchas formas de llegar hasta acá sin pasar por el campamento? —pregunté.
—Mil, pero esta es la más rápida —dijo Teresa, señalando la línea vertical de la T—. Este alambrado va en línea recta hasta el asfalto.

Entendí a lo que se refería. Los campos solían tener caminos alrededor del perímetro para recorrer el alambre con un vehículo y facilitar los trabajos de reparación.

—¿El camino que lo bordea está en buen estado? —pregunté.
—Sí. Como todo en Plumas Negras. Mendizábal tiene su estancia impecable. Puede recorrerse en camioneta sin problemas.
—Pero al llegar abajo no hay salida, ¿no? —preguntó Elizabeth.
—No, pero es muy fácil cortar el alambre.

En ese momento se unió al grupo Harry Patt, que se había ido tras su perra.

—Falsa alarma —anunció, dirigiéndose a Borrás—. Gala fue en dirección a la tortuga, pero después de olisquear un poco se dio la vuelta y vino para acá.

Miré a la perra. El arnés sobre su lustroso pelaje negro —lo único libre de polvo en kilómetros a la redonda— ya no tenía enganchado el GPS.

—Esto no puede estar pasando —dijo Borrás, pasándose las manos por los gruesos labios—. ¿Nadie escuchó nada anoche?

Todos negaron.

—¿Cómo puede ser? —intervino Harry—. Yo me levanté cuatro veces a hacer pis. ¿Nadie oyó eso tampoco?
—Bueno, sí —dijo Eduardo.
—Yo también —añadió Jacinto, el rubio de la petrolera—, pero ya estamos acostumbrados. Todas las noches te levantás

varias veces. Igual que estamos acostumbrados a los ronquidos de Lavalle.

De eso último yo podía dar fe.

Recordé también que la noche anterior Teresa había salido un momento de la carpa. Apenas lo registré, porque había logrado una duermevela dulce. No supe cuánto tiempo estuvo fuera. Sólo recuerdo que cuando volvió, la abracé y me volví a quedar dormido.

—¿En ninguna de las cuatro veces que saliste a hacer pis viste ni escuchaste nada? —le preguntó Teresa al estadounidense.

—Nada. Gala tampoco ladró.

—¿Y ustedes? —le preguntó Borrás a las Elis—. Son las que están más cerca de la excavación.

—Bueno, tampoco hay tanta diferencia entre ochocientos metros y setecientos ochenta —dijo Eliana, la de la media cabeza rapada—. Nuestra carpa está un poco apartada del acantilado para tener más horas de sol para recargar las baterías, pero igual estamos re lejos de acá.

—Es normal que no hayamos oído nada de lo que pasó en la excavación —matizó Teresa—. El viento siempre viene del oeste. El ruido se aleja de nosotros.

—No tiene sentido quedarnos hablando —dijo Juan Lavalle—. Voy al campamento a buscar mi camioneta y seguimos esas huellas.

—¡No! —lo paró Alfredo Borrás—. Puede ser peligroso. Con lo pesado que es ese bochón, quien se lo llevó sabe lo valioso que es el bicho que hay dentro. Tenemos que llamar a la policía. Si seguís las huellas y te encontrás a los ladrones, ¿qué vas a hacer?

—Alfredo tiene razón —razonó Teresa—. Hagamos lo siguiente: Harry y Alfredo, sigan a pie las huellas para ver si realmente van al alambrado. Del resto, que alguien vuelva conmigo al campamento y de ahí vaya a avisar a mi padre y a mi hermano. Ellos pueden recorrer los alambres en moto o a caballo si hace falta. Lo más importante ahora es no dificultar el trabajo de la policía. ¿Estamos de acuerdo?

Todos asentimos.

—Mientras tanto, Nahuel, Juan y yo vamos a Cerro Dragón a llamar a la policía.

—No hace falta ir tres personas —dijo Lavalle—. Yo me quedo.

—No, vos venís con nosotros.

Sin darle opción a réplica, Teresa enfiló hacia el campamento.

—¿Quién sabía que este dinosaurio estaba acá? —le pregunté mientras caminábamos.

—Todo el mundo.

—¿Cómo que todo el mundo?

Noté que Teresa miraba de reojo a Juan Lavalle.

—Es largo de explicar. En el camino te cuento.

CAPÍTULO 15

Teresa me puso al volante de la camioneta y me indicó el camino hacia Cerro Dragón. Según me explicó, eran once kilómetros de ripio antes de llegar a la ruta 26.

Sin embargo, tres kilómetros antes del asfalto, me dijo que me desviara hacia la derecha.

—Vamos a avisarle a Mendizábal. A lo mejor vio o escuchó algo anoche.

Avanzamos hasta llegar a una depresión en el terreno en la que un grueso perímetro verde de tamariscos y álamos rodeaba una pintoresca casa de chapa galvanizada. El contraste con la vivienda de los padres de Teresa, a menos de veinte kilómetros de allí, era difícil de creer.

Estacioné junto a los árboles y Teresa se dirigió a un portón de madera que delimitaba el jardín del vasto campo patagónico. Golpeó las palmas varias veces, pero nadie abrió la puerta ni descorrió las cortinas.

—Parece que no hay nadie —dijo Lavalle.

A modo de respuesta, oí unos ladridos a mi izquierda. Un hombre caminaba hacia nosotros con un perro que lo seguía medio metro por detrás. Estaba vestido con la misma ropa que les había visto a casi todos los peones de campo: alpargatas, bombachas marrones, camisa de tela recia y boina negra.

—Está en Comodoro —dijo, desde la distancia.

Yo había aprendido a admirar la practicidad de cierta gente de campo. Para ellos, las formas y la educación eran importantes siempre que no se interpusieran en la sustancia del mensaje. Por eso, esas fueron sus primeras tres palabras. Los prolegómenos vinieron después.

—¡Teresa! Qué sorpresa —exclamó el hombre.

—Hola Rogelio. Este es Nahuel Donaire, un amigo. A Juan Lavalle ya lo conoce.

Estreché su mano fuerte y áspera. Cuando lo miré a los ojos, me di cuenta de que sólo tenía uno. Donde habría tenido que estar el otro, el párpado arrugado se hundía hacia adentro.

—Rogelio Ledesma —se presentó el hombre.

—Rogelio trabaja para Mendizábal. Conoce estas tierras como nadie. Él descubrió el cráneo de Bartolo.

—Yo vi unos dientes, nomás. El resto del trabajo lo hicieron los que saben.

—¿Así que Mendizábal está en Comodoro? —preguntó Teresa.

—Sí, se fue ayer a la tarde.

—¿Sabe cuándo vuelve?

—Hoy o mañana. ¿Necesitan algo?

—Rogelio, ¿usted por casualidad no escuchó nada raro anoche?

—¿Raro como qué?

—No sé. Algún vehículo o una máquina, por ejemplo.

—No. ¿Pasó algo? —preguntó, abriendo un poco más su único ojo.

—Nos robaron la cabeza del dinosaurio.

—¿Qué? ¡Si era un bicho enorme! ¿Cómo se lo llevaron?

Me llamó la atención que Ledesma dijera «bicho». Era la misma palabra con la que lo había descrito el paleontólogo Borrás.

—No lo sabemos, Rogelio. Nos acabamos de enterar. Estamos yendo a llamar a la policía.

—¿Puedo ayudar en algo?

—Sí. Puede recorrer el alambre que divide esta estancia y la de al lado. Podrían haber bajado por ahí hasta el asfalto. Seguramente se encuentre con papá y Germán, que también van a salir a buscar huellas.

—Ya mismo voy para el alambre.

—Muchas gracias, Rogelio —le dijo Teresa, dedicándole una sonrisa triste.

—Usted ya sabe que, por su familia, lo que haga falta.

Nos despedimos de Ledesma y volvimos a subirnos a la camioneta. Un cuarto de hora después, cuando pasamos del traqueteo del ripio al andar suave del asfalto, pisé el acelerador a fondo.

Teresa se giró en el asiento para mirar a su compañero.

—Juan, necesito contarte una cosa.

Vi por el retrovisor que Juan Lavalle fruncía el entrecejo.

—No son buenas noticias, ¿no?

—No. Tiene que ver con Sara.

Juan la miró como quien desconfía de un animal que en cualquier momento puede atacar.

—Los que se llevaron el bochón dejaron esa nota. La encontró Nahuel —dijo, sacando del bolsillo el papelito.

—«No hacía falta que ella muriera. ¿Cómo llegarás al viento y a la luna? ¿En moto? ¿En barco?» —leyó Lavalle en voz alta—. ¿Creés que se refiere a Sara?

Teresa tomó aire.

—Creo que sí.

Mi mirada y la de Juan se cruzaron por un momento en el rectángulo del espejo. Yo la aparté enseguida, centrándome en el camino.

—No puede ser. Lo de Sara fue un accidente. Esto es un robo planeado. Una cosa no puede tener que ver con la otra.

Yo no sabía quién era Sara ni qué accidente había sufrido, pero tenía que ser muy querida por Lavalle y por Teresa, porque la congoja parecía apretar las gargantas de ambos con la fuerza de unas tenazas.

Incluso con el ruido del vehículo cortando el aire, noté que Teresa tragaba saliva.

—Esto estaba con la nota.

No pude evitar mirar de nuevo por el espejo. Juan observó

durante unos segundos el pequeño hueso que Teresa acababa de ponerle sobre la palma. Después cerró la mano y se la llevó al corazón.

Con la otra, se tapó los ojos para que no lo viéramos llorar.

CAPÍTULO 16

—Tengo una rayita de cobertura —exclamó Teresa elevando su teléfono a la altura de los ojos.
Eran las primeras palabras que se pronunciaban en la camioneta desde que Lavalle se había quebrado.
—Mierda —añadió, ahora con el aparato pegado al oído—. Todavía no funciona. Hay que seguir un poco más.
—No debe faltar mucho —dije—. Ya se ven varios balancines de petróleo.
Ni ella ni Juan Lavalle me respondieron. Tenían toda su atención dedicada a los teléfonos. Fui dejando atrás varios vehículos blancos con logos de diferentes empresas petroleras, entre ellas TransAmerican Energy, la que había donado la camioneta que yo ahora manejaba.
—Hola. ¿Policía? —dijo Teresa de repente—. Mi nombre es Teresa Estévez. Soy paleontóloga. Anoche nos robaron un fósil muy importante de la estancia Valle Precioso, entre Sarmiento y Cerro Dragón.
Teresa hizo silencio para escuchar lo que le decían.
—Es el cráneo de un dinosaurio. Está recubierto en yeso y tiene la forma de un huevo de casi dos metros de largo. Pesa entre 700 y 800 kilos. Dejaron una nota y un hueso humano que creemos que pertenece a Sara Lombardi, la paleontóloga que desapareció allí mismo hace cuatro años.
Teresa continuó hablando, dándole a la policía las coordenadas del sitio exacto así como indicaciones para llegar desde la localidad de Sarmiento. Mientras lo hacía, me hizo señas

para que continuara en dirección a Cerro Dragón.

Yo manejaba la camioneta como un autómata mientras pensaba en lo que acababa de oír sobre la mujer a la que se refería la nota y a la que probablemente pertenecía la falange.

—Van para allá y también van a avisar a la Policía Científica de Comodoro —anunció Teresa en cuanto cortó.

—¿Qué hacemos? —pregunté.

—Sigamos —dijo Juan Lavalle—. Faltan menos de diez kilómetros para Cerro Dragón. Aprovechemos para cargar todo el combustible que podamos. No sabemos adónde tendremos que ir cuando volvamos.

Teresa asintió. Y como a mí no me correspondía opinar, me limité a no levantar el pie del acelerador.

CAPÍTULO 17

Mientras nos llenaban el tanque de la camioneta, Juan Lavalle se metió al baño de la estación de servicio.
—¿Quién era Sara Lombardi? —pregunté.
—La paleontóloga que descubrió a Bartolo.
—¿Desapareció mientras lo desenterraba?
—No exactamente. Desapareció apenas unos días después de encontrarlo.
—¿Qué querés decir?
—Hace cuatro años Sara estaba acampando, junto con Juan y dos estudiantes, en Valle Precioso. Era una campaña para desenterrar un saurópodo muy cerca de la salina. Un día la fue a ver Rogelio Ledesma, el peón de la estancia de Mendizábal, para contarle que hacía un tiempo unas ovejas habían cruzado el alambrado hacia el campo de mi familia y que, persiguiéndolas, vio unos dientes muy grandes que salían de la tierra. Sara, naturalmente, le pidió que la llevara al lugar.
—¿Y desapareció en ese momento?
—No. Cuando Sara vio semejante cráneo, se dio cuenta de que no estaban preparados para una excavación tan grande ni les quedaban suficientes días de campaña. Hicieron lo que pudieron, registraron las coordenadas de GPS, escarbaron un poco, fotografiaron lo que había quedado expuesto y después lo cubrieron con papel higiénico y yeso. Esa protección, que tenía que durar un año, duró cuatro, hasta que hace una semana llegamos nosotros y la retiramos para empezar la excavación.

—¿Cómo desapareció?

—El penúltimo día de la campaña se levantó una de las mayores tormentas de arena de las que se tienen registro. Duró dos días enteros y el polvo llegó hasta Comodoro, a ciento veinte kilómetros. Sara se había alejado del campamento con uno de los estudiantes para buscar fósiles mientras Juan y la otra estudiante hacían la comida. No sé si estuviste alguna vez en una tormenta así. De repente, la visibilidad se vuelve nula.

Asentí. En mi infancia, mi pueblo se había cubierto de ceniza volcánica tras la erupción del Volcán Hudson. Conocía muy bien lo devastador que puede ser el viento patagónico cuando levanta polvo.

—El estudiante logró volver al campamento, pero Sara no. La búsqueda duró semanas. Vinieron helicópteros, perros rastreadores y decenas de voluntarios a peinar la zona, pero nada.

—¿Nunca se encontró el cuerpo?

—Hasta ahora no.

—¿Por qué nadie volvió a trabajar en el dinosaurio en cuatro años?

Teresa señaló hacia el edificio de la estación de servicio. Juan Lavalle acababa de salir con el teléfono pegado a la oreja.

—Por respeto a él.

—Ahora entiendo su reacción cuando le entregaste el hueso —dije—. Tiene que haber sido durísimo perder a una compañera de trabajo en esas condiciones.

Teresa me miró desconcertada.

—Sara y Juan eran más que compañeros de trabajo.

—¿Tenían una relación?

—Llevaban quince años casados.

CAPÍTULO 18

Mientras miraba a Lavalle por el parabrisas, me pregunté con quién hablaría por teléfono. ¿Con un familiar, para contarle que acababa de aparecer un hueso que posiblemente fuera de su mujer?

—¿Tenían hijos? —pregunté.

—Sí. Marcos y Ramiro, dos gemelos divinos. Tenían doce años cuando Sara desapareció. La última vez que los vi, hace un año, me pidieron que les contara historias de su mamá, pobrecitos.

—La conocías bien, entonces.

—Más que bien. Soy paleontóloga gracias ella. Y a Juan. Cada año de mi infancia y adolescencia, cuando se acababa el colegio en Sarmiento y yo volvía a Valle Precioso por tres meses, esperaba con ansias que llegaran Juan y Sara. Era uno de mis momentos favoritos del verano. A veces trabajaban en nuestro campo y otras veces en el de algún vecino, pero siempre pasaban a saludarnos y papá les hacía un asado.

El empleado de la estación de servicio golpeó la ventanilla de Teresa para indicarle que ya había llenado el tanque de la camioneta y los ocho bidones que llevábamos en la caja. Cuando ella bajó el vidrio para pagarle, oímos que Lavalle le gritaba a quien fuera que estuviera del otro lado del teléfono: «No importa que sea de hace dos años. Buscala o hacé una nueva ya».

—Pobre, está muy nervioso —dijo Teresa y volvió a cerrar la ventanilla.

—Es normal, supongo. Me estabas contando sobre tu relación con Sara.

—Sí. Viví los veranos de mi infancia corriendo detrás de Juan y Sara. Cuando ya fui más grande, me invitaban a ayudarlos en las excavaciones. Hice mi primer hallazgo importante cuando tenía quince años. Un dinosaurio herbívoro de dos metros de alto. Después de que Juan preparó el fósil en el laboratorio de la universidad, en Comodoro, Sara publicó un artículo bautizándolo *Colhuesaurus teresai*, que significa, «lagarto del Colhué de Teresa».

—Qué bonito gesto.

—Muy bonito. Es bastante común homenajear a la persona que encuentra el fósil a la hora de darle un nombre científico. *Giganotosaurus carolinii*, por Rubén Carolini. *Carnotaurus sastrei* por la familia Sastre. *Patagotitan mayorum*, por la familia Mayo y así. Como decía Sara, en esta profesión hay poco oro pero mucho bronce.

Reí. La frase también definía muy bien al gremio de los periodistas.

—Sara y Juan son como tíos para mí. Elegí estudiar geología porque quería ser como ellos. La mayoría de los paleontólogos son biólogos o geólogos que después se especializan. Adiviná qué hice cuando terminé la universidad.

—¿Buscar dinosaurios?

—Trabajar en el petróleo.

Señaló alrededor. La estación de servicio estaba rodeada de camionetas con logos de empresas petroleras y, más allá, el campo estaba espolvoreado de balancines, tanques gigantes y otras instalaciones industriales.

—Aguanté un año. Como le dije a mi jefe el día que renuncié, yo quería buscar fósiles convertidos en piedra, no en líquido negro. Para ese momento, Sara ya me había puesto en contacto con un colega en Estados Unidos para que hiciera allá el doctorado. Ese colega terminó siendo Harry Patt. Viví cinco años en Filadelfia, trabajando bajo su tutela.

—¿Por qué decidiste volver?

—Después seguimos. Ahí viene Juan.
—Volvamos —dijo Lavalle tras subirse a la camioneta.

Le pedí a Teresa que manejara ella con la excusa de que necesitaba responder unos emails de trabajo mientras tuviéramos conexión.

Me senté en el asiento de atrás y usé mi teléfono para buscar en internet el nombre Sara Lombardi. Bajé un artículo publicado por *El Popular* que no recordaba haber leído en su momento. Si mi jefe se enteraba de que yo no leía el periódico religiosamente todos los días, me habría amenazado con echarme. Aunque, con los recortes de presupuesto que se venían, quizás me echaban de cualquier modo.

Mientras volvíamos, la monotonía del viaje me llevó a pensar en la historia de Fabiana Orquera. Había muchos paralelismos entre lo que había pasado hacía nueve años y lo que estaba pasando ahora: un campo aislado, una mujer desaparecida, unos mensajes crípticos y hasta una salina.

Al pensar en aquel campo cerca de Cabo Blanco, me inundó la nostalgia. Desde hacía siete años, yo vivía en Buenos Aires y mi trabajo me dejaba poco tiempo libre para volver a la Patagonia.

Mis padres seguían yendo a Las Maras con Carlucho y Dolores todos los veranos. Ya estaban un poco más viejos, pero por suerte su hija Valeria había tomado las riendas de gran parte del manejo del campo.

Valeria. Ella también había cambiado. Ahora estaba casada y tenía dos hijos. Según contaban mis padres, era muy feliz.

Y yo. Yo desde luego tampoco era el mismo. Por un momento me había creído en la cresta de la ola, con un contrato con una editorial grande que ofrecía poco dinero pero muchas perspectivas y oportunidades. Algunas se habían materializado, como la posibilidad de vivir del periodismo. La mayoría, no. Poco oro y algo de bronce, pero tampoco mucho.

También se había duplicado el número de disparadores de mi ansiedad. Ahora, además de paralizarme la idea de encontrarme con un puma, me angustiaba embarcarme en un proyecto largo por miedo a que quedara inconcluso. La perspectiva de una puerta abierta durante mucho tiempo, como escribir un libro, hacía que me transpiraran las manos y se me cerrara el estómago.

Mi libro, pensé. El padre de Teresa me había dicho que casi todos en la zona lo habían leído.

—¿Quién sabía que yo iba a venir? —pregunté en el tono más casual que pude.

—Los demás participantes de la campaña.

—¿Desde cuándo?

—Desde marzo del año pasado, cuando mandé el primer email.

Teresa se refería a un correo electrónico que había enviado once meses atrás a todos los que participaríamos en la campaña paleontológica. Mi dirección de email incluía mi nombre y apellido completos, así que cualquiera de los otros destinatarios había tenido tiempo de sobra para leer mi libro.

—¿Alguien más?

—Bueno, el proyecto recibió fondos públicos y privados. Todos los *sponsors* tienen una copia de la lista de participantes. El Ministerio de Cultura, el departamento de responsabilidad social de TransAmerican Energy y la Jurassic Foundation.

—¿La qué?

—La Jurassic Foundation. Una ONG que fundaron Steven Spielberg y los estudios Universal después del éxito de *Jurassic Park*. Dan fondos a científicos de todo el mundo para investigar sobre dinosaurios.

—¿Te dije o no te dije que esa película cambió el mundo de la paleontología? —replicó Lavalle.

Entré a la página de la Jurassic Foundation en mi teléfono y busqué el nombre de Teresa y el mío. Había una reseña del proyecto, la cantidad que había aportado cada institución a la campaña y una lista de participantes. Otra búsqueda rápida arrojó un documento muy similar, pero en castellano, en la web de TransAmerican Energy.

En definitiva, cualquier persona del mundo con acceso a internet pudo haber sabido que yo asistiría a aquella campaña. Volví a pensar en las similitudes. Un campo, una mujer desaparecida, una serie de pistas crípticas y una salina. ¿Podía ser todo fruto de la casualidad?

Me dispuse a leer el artículo sobre Sara Lombardi. Seguramente me resultaría más útil que ponerme a especular.

CAPÍTULO 19

DESAPARECE UNA PALEONTÓLOGA EN CHUBUT

Hace cinco días, la paleontóloga Sara Lombardi (52) desapareció en las cercanías del lago Colhué Huapi, en la provincia de Chubut. Llevaba dos semanas en la zona acampando junto a su marido y dos estudiantes con quienes excavaba el que parece ser el dinosaurio carnívoro más grande del mundo.

El hallazgo, que Lombardi anunció en sus redes sociales, se vio empañado tras una tormenta de arena que redujo la visibilidad a escasos diez metros y duró casi cuarenta y ocho horas. La tormenta sorprendió a la paleontóloga alejada del campamento, donde se encontraban su esposo y una estudiante. El otro estudiante, un hombre de veintinueve años a punto de terminar su doctorado, estaba en la misma zona que Lombardi cuando la tormenta comenzó a desatarse, pero logró volver y refugiarse junto con el resto en el único vehículo con el que contaba la expedición.

«Es muy común que una parte del grupo salga a recorrer los alrededores del campamento para ver si encuentra algo interesante. Después de todo, si se hace un viaje a un lugar tan remoto para desenterrar un dinosaurio es porque es zona de afloramientos fósiles y es probable que aparezcan más cosas», explica el técnico en paleontología Marcelo Luna, compañero de trabajo de Sara Lombardi en la Universidad Nacional de la Patagonia, en Comodoro Rivadavia.

Luna prosigue contándonos que, en el año 1989, una paleontóloga perteneciente a su grupo de investigación casi corre la misma suerte que Lombardi tras perderse en una tormenta de arena. Tardó *dos días en volver a tener contacto con la civilización.*

«Es muy difícil explicar lo que supone estar en una tormenta de arena», cuenta Luna. «No se pueden abrir los ojos porque duele. Incluso con protección ocular, la visibilidad es de pocos metros. Tampoco se escucha nada, así que gritar no tiene sentido. La mejor alternativa es tirarse al suelo y no moverse, pero si la tormenta dura mucho, la arena empieza a enterrarte. Y el miedo puede jugarte una mala pasada. A mí ya me tocó vivirlo dos veces. Una en carne propia y la otra cuando casi perdemos a nuestra colega en 1989».

La búsqueda de Sara Lombardi está en manos de la policía y bomberos de las localidades de Sarmiento y Comodoro Rivadavia. Se espera que una brigada canina se una a la operación, así como también un helicóptero del Ejército Argentino.

Cuando terminé de leer la noticia, tenía la piel de gallina. Miré a Juan Lavalle, que iba en el asiento del copiloto con los ojos fijos en el camino. Me lo imaginé sentado dentro de una camioneta muy similar, esperando a que la tormenta pasara. Lo visualicé, conforme pasaban las horas, intentando abrir la puerta para salir a buscar a Sara y el viento obligándolo a volver a cerrarla.

El texto venía acompañado de una foto de Sara Lombardi. Se la veía en el campo patagónico, con una gorra, anteojos de sol y una camisa sin mangas. Sonreía de oreja a oreja, posando junto a un fémur de dinosaurio semienterrado. Incluso con aquella ropa de fajina, se notaba que era una mujer elegante y muy atractiva. Tenía esa belleza madura, llena de seguridad, que yo había conocido el día que vi por primera vez a una española llamada Nina Lomeña.

Leí el texto varias veces, para extraerle hasta la última gota de información. Con cada relectura, tenía la sensación de que algo no encajaba. Era como mirar un mueble fuera de escuadra. Ves que algo no cierra, pero no es fácil decir el qué.

CAPÍTULO 20

Al regresar de Cerro Dragón, Juan y Teresa decidieron que él se quedaría con los demás en el campamento esperando a la policía mientras ella y yo íbamos a casa de los Estévez para ver si Anselmo y Germán ya habían vuelto de seguir las huellas.

Quince minutos después de dejar a Lavalle, Teresa estacionó junto a la casa semienterrada de sus padres. En la puerta había dos motos viejas y algo descuidadas.

—Parece que tu papá tiene una visita espontánea de esas que tanto le gustan —dije.

—Es un espectáculo digno de ver. Pero no, esas motos son de él y de Germán. Las usan para trabajar en el campo.

Después de lo que había despotricado Anselmo Estévez contra las motos, me costaba imaginármelo encima de una.

—En Cerro Dragón me preguntaste por qué me volví de Estados Unidos.

—Sí.

—Cuando vengo a buscar un dinosaurio, a mis viejos se les ilumina la cara. No sólo por verme, sino porque sienten que todavía hay algo útil en este lugar. Valle Precioso ya no puede dar carne, pescado ni frutas, pero ofrece algo muy importante para la ciencia.

Teresa inspiró profundamente.

—Trabajando acá tengo un impacto positivo en mi familia. Como ves, lo necesitan.

Volví a responder que sí con un monosílabo. Esta vez, porque una ligera presión en la garganta me impedía decir mucho más. Por suerte Teresa tampoco quiso extender la conversación y se bajó de la camioneta.

Encontré la casa de los Estévez mucho más polvorienta que tres días atrás. La familia de Teresa tomaba mate sentada a la mesa. Además de los padres y de Germán, había una mujer joven, preciosa y muy embarazada. Se presentó como Vanina, la novia de Germán.

—Fuimos en las motos a seguir las huellas —nos contó Anselmo Estévez—. Del dinosaurio van hasta el alambre de Mendizábal y de ahí bajan derecho al asfalto. Salieron a la ruta cortando el alambre.

—Lo raro es que dejaron tirado al costado del asfalto el trípode y el aparejo —añadió Germán.

—A lo mejor los usaron para llevarse el bochón y los volvieron a usar al llegar al asfalto para hacer un cambio de vehículo —sugirió Teresa.

—No se ven rastros de algo así. La camioneta sale al asfalto y se va para el oeste.

—Es muy raro que no hayan cambiado.

—¿Por qué? —preguntó Germán.

—Por un lado —razonó Teresa—, el camino que bordea el alambre de Mendizábal sólo se puede transitar en camioneta. Pero por otro, una vez en el asfalto, lo lógico es cambiar a un camión en el que la carga quede cubierta. Los que hicieron esto saben que hoy la policía va a preguntar por cualquier vehículo que llevara algo abultado en la parte de atrás.

—Las huellas dicen que no hubo ningún cambio —insistió Germán.

—También es raro que se hayan ido para el oeste, ¿no? —continuó Teresa—. Al este está Comodoro Rivadavia, una ciudad grande. De ahí podrían irse por tierra, por agua o hasta por aire. ¿Al oeste qué hay? ¿Bariloche? ¿Neuquén?

—Chile —dije.

Nos quedamos todos en silencio, cada uno con sus propias elucubraciones.

—Yo sabía que lo de las motos iba a terminar mal —dijo Anselmo Estévez al cabo de unos instantes.

—Ay, papá. ¿Qué tienen que ver las motos con esto?

—¿Quiénes se roban fósiles del campo? Los de las motos.

—¿Ya hay un precedente de robo de fósiles en la zona? —pregunté.

Teresa me fulminó con la mirada. Me pareció que me hacía que no con la cabeza, como para que cambiara de tema, pero al parecer se dio cuenta de que ya era demasiado tarde y adoptó otra estrategia.

—Sí, pero nada de mucha relevancia —dijo, restándole importancia—. Tenemos varios lugares donde se suelen encontrar dientes de tiburón fosilizados. Y también hay un mini bosque petrificado con piñas y troncos del Cretácico superior.

—Estos caraduras de las motos —retomó Estévez—, además de que se te plantan en tu casa, no tienen mejor idea que sacar de la mochila una piña petrificada o un diente de tiburón y decir «Mire lo que encontré en el campo». Y yo siempre les digo «En *mi* campo. Lo encontraste en *mi* campo». Y ahí abren los ojos grandotes y te das cuenta de que son tan pero tan boludos que no sabían que no tenían que llevarse nada. Parecido a lo que le pasa a tu amigo el escritor —dijo, señalando a su hija.

—Vos no —me aclaró Teresa—. Otro. Tengo un amigo que se queja de que le escriben para felicitarlo por sus libros y cuando él les pregunta cómo lo descubrieron, le responden que en una página pirata.

—Esto es igual —dijo el padre—. Habrá quien no sepa que es ilegal llevarse un fósil. Pero, por cada uno de esos, ¿cuántos hay que lo saben perfectamente y lo hacen igual? Cien a uno, me juego la cabeza.

—Bueno, papá.

—Ahora las motos se meten por todos lados. Si hasta pueden cruzar el lago y llegar a partes que antes eran islas.

Teresa se puso de pie de golpe, sobresaltándonos a todos.

—¡La Isla de los Dinosaurios! —gritó.
—¿Qué?
—«¿Cómo llegarás al viento y a la luna? ¿En moto? ¿En barco?». La nota se refiere a la Isla de los Dinosaurios.
—No entiendo nada —dije.
—Vamos —me respondió, saliendo de la casa—. Germán, papá, préstennos sus motos y ayúdennos a cargarlas en la caja de la camioneta.

CAPÍTULO 21

Con las dos Suzukis destartaladas en la parte trasera de la camioneta, Teresa puso rumbo hacia un camino que bordeaba la orilla de esa planicie de tierra que alguna vez había sido un lago.

—El *Aeolosaurus colhuehuapensis* es un titanosaurio de hace setenta millones de años —dijo, como si eso significara algo para mí.

—¿Titanosaurio es lo mismo que tiranosaurio?

—No. Los titanosaurios son herbívoros muy grandes, de cola y cuello largos.

—Como el brontosaurio.

—Parecido. El *Aeolosaurus colhuehuapensis* tiene ese nombre por Eolo, el dios griego del viento. El nombre completo significa «lagarto del viento del Colhué Huapi». Lo descubrió un pescador hace más de treinta años en una isla del lago. Al año siguiente, unos paleontólogos organizaron una campaña y el pescador se ofreció a llevarlos.

Miré hacia el lago seco. Me costaba comprender que cuando yo era un niño, en ese arenal yermo había habido barcos y pescadores.

—En esa campaña, los paleontólogos desenterraron el *Aeolosaurus colhuehuapensis* y llamaron al lugar «La Isla de los Dinosaurios». Pero se llevaron la sorpresa de que junto al *Aeolosaurus* había un cocodrilo fósil, al que llamaron *Colhuehuapisuchus lunai*. Significa «cocodrilo del Colhué Huapi de Luna», en homenaje a Marcelo Luna, un técnico paleontólogo de Comodoro Rivadavia, compañero de trabajo de Juan y de Sara.

Recordaba el nombre del artículo sobre la desaparición que había leído hacía un par de horas.

—O sea que las menciones al viento y a la luna hacen referencia a esos dos fósiles —dije.

—Cualquier otra cosa sería demasiada casualidad. Porque hasta donde yo sé, sólo hubo dos campañas paleontológicas a esa isla. Esa primera en 1992, cuando los llevó el pescador, y una segunda en 2018. Entonces ya no había agua. Adiviná en qué fueron.

—¿En moto?

—En moto. Porque un vehículo pesado no puede pasar. Y un caballo tampoco. Debajo de la capa de arena seca hay un barro que se traga todo lo que le haga demasiada presión.

Teresa hizo una pausa y repitió de memoria la frase que nos habían dejado los ladrones del cráneo.

—«No hacía falta que ella muriera. ¿Cómo llegarás al viento y a la luna? ¿En moto? ¿En barco?»

Me incorporé un poco en el asiento. Sentí un hormigueo en el cuerpo que no sentía desde hacía nueve años, cuando era yo quien descifraba pistas en medio de la meseta patagónica.

—¿Es normal dejar pasar veintipico de años entre campaña y campaña? —pregunté.

—No sé si normal, pero suele suceder. En general en la Patagonia hay más fósiles que recursos para desenterrarlos y estudiarlos. Te doy un ejemplo: el dinosaurio más grande del mundo, el *Patagotitan mayorum*, lo encontraron gracias a un dato que le dio un verdulero a un compañero mío del MEF en Trelew. Pasaron diez años entre esa charla y el día que empezó la excavación.

Teresa detuvo la camioneta y señaló hacia el interior del lago seco.

—Esa es la Isla de los Dinosaurios —dijo, señalando una elevación apenas perceptible en la planicie—. A partir de acá tenemos que seguir en las motos.

Mientras las bajábamos, intenté recordar la última vez que me había subido a una. Habían pasado por lo menos quince años.

—Mantené la velocidad a treinta más o menos —me indicó Teresa mientras arrancaba la suya—. Si vas muy lento, te podés quedar encallado. Y si vas muy rápido, podés derrapar.

«Es como andar en bicicleta, pero más fácil porque no hay que pedalear», me dije a mí mismo.

Cuando aceleré, la moto avanzó con un tirón brusco. Fui detrás de Teresa, manteniendo la suficiente distancia como para no comerme el reguero de barro que levantaba su rueda trasera al romper la costra seca de la superficie.

Después de quince minutos de avanzar por un suelo que parecía gelatina, cruzamos por fin el borde blanquecino que indicaba el límite entre lo que había sido el lago y la tierra firme de la isla. La moto ganó estabilidad de manera instantánea. Al mirar hacia atrás, vi que nuestras huellas profundas y oscuras se transformaban en un rastro apenas perceptible.

Nos detuvimos en la parte más alta de la loma. La brisa agradable con la que nos habíamos despertado ahora soplaba con la suficiente fuerza como para que la arena me molestara en los ojos y en la boca.

—Yo no participé en la campaña del *Aeolosaurus*, pero la isla no es muy grande. Si hay algo, no nos va a costar encontrarlo.

Caminamos con la mirada en el suelo durante un buen rato. De vez en cuando, Teresa se agachaba y tocaba con la punta de los dedos algunas rocas. Cada vez que lo hacía, me daba una breve explicación: «fragmentos de vértebra de saurópodo» o «restos de fémur». Y a pesar de que yo era incapaz de distinguir un hueso de dinosaurio de una piedra, estaba seguro de que podría reconocer lo que habíamos venido a buscar en cuanto lo viera.

—Si en los diez minutos que llevamos ya encontraste huesos de dinosaurio, ¿por qué sólo se hicieron dos campañas en esta isla?

—No todos los fósiles tienen la misma importancia científica. Un fragmento de un hueso suele tener muy poca información, sobre todo si no encontramos de dónde salió. Podría ser un pedazo que haya arrastrado el agua desde lejos, o que haya caído por una ladera.

—Acá laderas no hay.

—Ahora. Pero hace setenta millones de años quizás sí.

Una ráfaga de viento me golpeó la cara y los granos de arena se estrellaron contra mi piel con la fuerza de perdigones. Teresa siguió hablando como si nada. Me planteé si Germán no habría tenido algo de razón cuando me recriminó que yo ya no era tan patagónico.

—Lo realmente interesante es encontrar un dinosaurio articulado, con los huesos en la posición que tenían en vida. Ahí tenés el rompecabezas armado. No hay que especular si este hueso se unía a este otro así o asá.

Una nueva ráfaga, esta vez más fuerte que la anterior, me obligó a dar un paso atrás para no caerme.

—Se está levantando viento —dijo Teresa.

—No me digas.

Teresa se rio y volvió a fijar la vista en el suelo. Caminamos un rato en silencio.

—El *Aeolosaurus colhuehuapensis* estaba articulado. Tenía todas las vértebras de la cola.

—¿No me dijiste que no estabas en la campaña?

—Todo se publica, con fotos incluidas, en revistas científicas. Y uno de los trabajos más importantes de cualquier investigador es leer esas publicaciones.

La última frase de Teresa la oí sin escucharla. Porque en el lecho del lago seco noté una línea oscura igual a las que habían dejado nuestras motos.

—Mirá —le dije a Teresa.

Corrimos hasta donde la huella desaparecía, en la costa de la isla. A pocos metros, vi en el suelo un objeto rojizo y cilíndrico muy diferente a cualquiera del millón de piedras que asomaban entre la arena. Era una maceta de barro apoyada boca abajo. Parecía bastante nueva.

La volteé con el pie y reconocí al instante un pequeño hueso muy parecido al anterior, con el mismo hilo blanco alrededor. Teresa se agachó a recogerlo y desató el nudo.

Me puse detrás de ella para bloquearle el aire y leímos a la vez la pequeña nota.

«No es normal que se trague por igual al del yugo y al pájaro de hierro».

—¿Sabés qué quiere decir?

—Ni idea.

—La maceta parece bastante nueva, pero no hay ninguna huella alrededor más allá de la de la moto en el lago.

—Esta isla está muy expuesta al viento, y las marcas en la arena no duran mucho. Tres o cuatro días como máximo.

Como si quisiera apoyar lo que Teresa acababa de decir, el viento me empujó con tanta fuerza que prácticamente me tiró sobre ella. Al chocarnos, Teresa se sobresaltó y el papelito salió volando. Corrimos tras él, pero en pocos segundos se perdió de vista. Teresa entrecerró los ojos y miró por encima de mi hombro hacia la dirección en la que venía el aire.

—Mierda —dijo.

—Perdón, fue sin querer. El viento me hizo perder el equilibrio.

—No me refiero a eso —dijo, señalando a mis espaldas.

Al girarme, tuve la sensación de estar en otro planeta. Donde hacía un rato había una planicie interminable, ahora una nube de polvo marrón engullía el horizonte.

—¿Primera tormenta de arena de tu vida? —me preguntó, gritando por encima del viento.

—Sí.

—A las motos, ya.

Mientras corríamos, hice un cálculo rápido. En ese terreno fangoso, las motos no podían avanzar a más de treinta kilómetros por hora. Un viento fuerte en la Patagonia superaba los cien. No había forma de que la tormenta no nos alcanzara.

CAPÍTULO 22

—No podemos escapar —dije cuando llegamos a las motos.

—¿Quién te dijo que vamos a escapar?

Teresa me agarró de una manga y tiró hacia abajo. Nos agachamos, apoyando nuestras espaldas contra el motor de su moto. La arena repiqueteaba en el plástico y el metal como si quisiera desintegrarlos.

—¿Qué hacemos? —le pregunté.

—Esperar.

Protegiéndome los ojos con las manos, levanté la mirada. No había cielo, ni lago seco, ni horizonte, ni huellas. Sólo una nube marrón que empujaba todo a su paso y hacía que la moto se balanceara con la lentitud imparable de los objetos pesados.

—Esto es muy peligroso —dije—. Se nos puede venir encima.

—¿Qué alternativa tenemos?

Como si el viento hubiese decidido responderle, nos envió una ráfaga más violenta. Tuve que empujar con toda mi fuerza para que la moto que nos servía de escudo siguiera en pie. La otra, sin nadie que la apuntalara, cayó sobre un costado a apenas un metro de mi pierna.

—Si sopla un poco más fuerte no vamos a poder aguantar —dije—. Tenemos que hacer algo.

—A la cuenta de tres, saltamos cada uno hacia un lado.

Asentí.

—Uno. Dos. ¡Tres!

En cuanto dejamos de sostenerla, la moto cayó con igual violencia que la otra.

—¡Ah! —oí que gritaba Teresa. El pie le había quedado atrapado debajo de la rueda trasera y forcejeaba para liberarlo.

—Pará que te ayudo. Te vas a lastimar.

No supe si me escuchó o no, porque el ruido era tan fuerte que se tragaba todo como un agujero negro. Levanté la rueda trasera y Teresa recogió el pie dejando un rastro de sangre.

—Dejame mirarte —grité.

—Ahora no. Tenemos que protegernos.

Teresa se acostó en el suelo, refugiándose tras la moto tumbada. Yo me puse junto a ella.

—Tenés suerte. No todos los turistas viven una tormenta de arena así —me dijo, intentando acompañar el comentario con una sonrisa, pero no pudo disimular el gesto de dolor.

—¿Te duele mucho?

—Un poco. Pero a no ser que tengas un botiquín y una forma de parar el viento, quedate donde estás.

La abracé contra mi pecho y hundí la cara en su hombro. Me resultaba casi imposible abrir los ojos. La otra moto, tirada a menos de dos metros de nosotros, apenas se divisaba detrás del torrente marrón en el que se había convertido el aire.

Pensé en Sara Lombardi. Yo llevaba tres minutos y estaba desesperado. Ella había estado así dos días enteros.

CAPÍTULO 23

A diferencia de la tormenta en la que se había perdido Sara, la que nos sorprendió en la Isla de los Dinosaurios sólo duró dos horas. Las dos horas más largas de toda mi vida.

En cuanto el viento amainó, levantamos las motos y comprobamos con alivio que todavía funcionaban. Ayudé a Teresa a arrancar la suya para que no hiciera demasiada fuerza con el pie herido y volvimos al campamento todo lo rápido que pudimos.

Al regresar, me quedó claro que plantar las carpas a casi un kilómetro de la excavación había sido una buena decisión. Las ruedas de los vehículos sólo habían quedado enterradas hasta el eje, y cinco de las siete carpas seguían en pie. Todo un éxito, considerando la furia de la tormenta.

Continuamos por el improvisado camino hasta el lugar de la excavación. Allí nos encontramos con todo el equipo reunido junto a un vehículo policial cuatro por cuatro.

Apartados del resto, una pareja de policías hablaba con el hermano de Teresa. La voz cantante parecía tenerla una mujer de mediana edad, mientras que un oficial joven anotaba en una libreta.

Observé que, mientras hablaba, Germán Estévez evitaba mirar a los ojos a sus interlocutores y se llevaba la mano al pelo en una especie de tic que no le había notado antes. Negaba con la cabeza muy seguido y en su rostro había una expresión de rebeldía, como un adolescente que se ve forzado a hablar con sus padres de un tema incómodo.

Teresa y yo nos unimos al resto. Además de los integrantes de la campaña, en el grupo estaban el padre de Teresa y Rogelio Ledesma.

Después de preguntarle a Teresa por su pie, que ella se había desinfectado y curado recurriendo al botiquín que llevaba en la camioneta, nos contaron que a Borrás y a Jacinto se les habían volado las carpas y las habían encontrado a quinientos metros, enganchadas en unos matorrales.

Cuando la pareja de policías terminó de hablar con Germán, se acercó al grupo. El hermano de Teresa los seguía por detrás, mirándolos de reojo. Ahora, más que rebeldía, la expresión era de odio.

Los agentes nos saludaron y se presentaron como la comisaria Benítez y el sargento Jara, ambos de Sarmiento. Habían llegado hacía apenas media hora. Nos informaron que también estaba en camino la policía científica de Comodoro Rivadavia.

—Buenas tardes, comisaria. Mi nombre es Teresa Estévez. Soy la paleontóloga a cargo de la excavación.

Teresa les volvió a contar lo que ya les había dicho por teléfono.

—En primer lugar, les estaba pidiendo a todos que no hablen con nadie y mucho menos publiquen nada en redes sociales —dijo la comisaria, dirigiéndose a nosotros.

—Por eso no se preocupe que acá no hay ni una rayita de cobertura —dijo Elizabeth.

—¿Puedo filmarla mientras habla? —preguntó Eliana.

—Definitivamente no —respondió la mujer y se volvió hacia Teresa—. Señorita Estévez, sus compañeros me dicen que ese hueso de dinosaurio era bastante importante.

—No es un hueso. Es el cráneo completo del carnívoro más grande del mundo. Es muy importante.

—Por teléfono nos dijo que, con el recubrimiento de yeso que lleva, parece un huevo blanco de casi dos metros de largo y pesa alrededor de ochocientos kilos.

—Así es.

—Y según nos acaba de comentar su hermano, las huellas parecen ser de un único vehículo.

—Sí —intervino el padre de Teresa—. Hay unas huellas anchas, probablemente de una camioneta cuatro por cuatro, que salen de acá, y bajan por el límite entre los dos campos que están al sur del mío hasta llegar al asfalto de la ruta 26. Cortaron el alambre para pasar y se fueron para el oeste. Justo al llegar al asfalto, tiraron el trípode y el aparejo.

—Muy bien, no sabemos cuánto va a tardar la policía científica en llegar, así que mientras los esperamos, vamos a mirar esas huellas. ¿Alguna otra cosa que nos pueda servir?

Miré a Teresa, que a su vez no quitaba la vista de la mujer policía. En sus ojos había duda, pero tras unos segundos de silencio, le puso una mano en el hombro a Juan Lavalle y señaló su bolsillo. Lavalle le entregó la falange y la nota en una bolsa de plástico a la comisaria.

—Dejaron esta nota y este hueso. Es una falange humana y sospechamos que pertenece a Sara Lombardi.

Hubo un murmullo de sorpresa en el grupo.

—¿La paleontóloga que desapareció hace unos años en la tormenta de arena? —preguntó el oficial Jara con un tono quizás demasiado entusiasta.

—Cuatro años. Sara era mi esposa —dijo Juan Lavalle.

La comisaria reprobó con la mirada a su subordinado y se calzó unos anteojos para leer en voz alta la nota.

—«No hacía falta que ella muriera. ¿Cómo llegarás al viento y a la luna? ¿En moto? ¿En barco?». ¿Tienen idea de qué quiere decir?

Teresa contó lo que acabábamos de encontrar en la Isla de los Dinosaurios. Cuando terminó el relato, entregó la segunda falange a la policía y se fue a abrazar a Juan Lavalle. Me hizo señas para que continuara yo.

—Este hueso también tenía atada una nota —dije.

—¿Dónde está? —preguntó la comisaria.

—Se nos voló con el viento.

Otro murmullo en el grupo.

—Pero recuerdo perfectamente lo que decía —se apresuró a añadir Teresa.

La comisaria puso los ojos en blanco.

—Dígamelo y, por favor, que nadie toque nada más.

—«No es normal que se trague por igual al del yugo y al pájaro de hierro».

—¿Alguien sabe a qué se puede referir? —preguntó la comisaria.

Todos negamos menos Juan Lavalle, que permaneció inmóvil con la mirada perdida. Seguramente su atención no estaba puesta en responder esa pregunta sino otras mucho más importantes.

¿Quién estaba haciendo aparecer, hueso a hueso, lo que quedaba de su esposa?

¿Y por qué?

CAPÍTULO 24

Volvimos al campamento para que la policía pudiera continuar tomando declaración a cada uno por separado. Lo habían hecho con Germán y con Rogelio Ledesma antes de que nosotros llegáramos de la Isla de los Dinosaurios, y ahora continuaban con Teresa. Casi todos los demás esperábamos tomando mate dentro del comedor improvisado.

Salí a estirar un poco las piernas y me encontré con Germán fumando con la espalda apoyada en el cemento desgranado.

—¿Ya te interrogaron? —me preguntó, haciendo un gesto con la cabeza hacia donde su hermana hablaba con los policías.

—Todavía no.

Al mirarlo, los ojos se me desviaron por un segundo a la serpiente en el cuello.

—¿Te gusta? —me preguntó, tocándose el tatuaje.

—Está muy bien hecha —respondí.

—¿Hecha? ¿Con a? ¿Cómo sabés que es hembra?

—Bueno, lo digo así porque es una serpiente.

Se le dibujó una sonrisa en la cara, como si estuviera esperando que yo dijera exactamente eso. Con dedos rápidos, se desabrochó los botones de la camisa.

—No es una serpiente. Es un monstruo con cabeza de serpiente.

—¿Y cuerpo de...?

Germán señaló el horizonte y se abrió la camisa.

—¿De qué puede tener el cuerpo un monstruo en este lugar?

Soy de esas personas que nunca se harían un tatuaje, pero reconozco que algunos son verdaderas obras de arte. El de Germán lo era. El cuerpo de la serpiente se transformaba de manera impecable en el cuello de un dinosaurio herbívoro grande. Saurópodos, creí recordar que se llamaban. El torso y las patas del dinosaurio ocupaban casi todo el pecho y los abdominales bien esculpidos de Germán. Se levantó la parte de atrás de la camisa y se giró para mostrarme la cola, que le rodeaba el vientre para acabar en su columna vertebral.

—Es espectacular —dije.

—Pequeños beneficios de ser amigo del mejor tatuador de Comodoro.

—Parece un animal mitológico —observé.

—Es un animal mitológico. Cabeza de serpiente, cuerpo de dinosaurio.

—¿De qué mitología?

—De la mía. Es un animal mitológico creado por mí.

—¿En serio? ¿Cómo se te ocurrió?

—Por necesidad.

—¿Tenías una serpiente tatuada y la tuviste que tapar por algún motivo?

Germán se tensó como si mis palabras hubieran hecho que dos cables pelados se tocaran. Sin responderme, se abrochó la camisa, tiró la colilla al suelo y volvió a entrar al comedor.

CAPÍTULO 25

Me quedé sentado fuera del puesto, pensando en qué podía haberle molestado tanto a Germán. Después de unos minutos, oí pasos que se acercaban. Era Teresa.

—Creo que logré hacerles entender la importancia de lo que nos robaron —dijo—. Por suerte nos tocaron policías agradables.

—Creo que tu hermano no opina lo mismo.

—¿Por qué lo decís?

—No sé, lo vi muy incómodo mientras hablaba con ellos.

—Supongo que a ningún ex presidiario le cae muy bien la autoridad.

Deseé que me tragara la tierra. Cuando Teresa me había dicho que su hermano había tenido una vida difícil, yo había asumido que tendría que ver con vivir en un lugar tan deprimente como la casa de los Estévez.

—Perdón. No sabía...

—No tenías por qué, así que no hay nada que disculpar. Pero para intentar entender a mi hermano, hay que saber que tuvo muchos, muchos, muchos problemas con las drogas. Estuvo preso dos veces. Un año la primera vez y dieciocho meses la segunda.

—¿Ahora está bien? —pregunté.

—Sí, ahora sí. Pero, según cuenta, es como patinar sobre un lago congelado sin saber lo grueso que es el hielo.

—Debe de ser muy difícil para la familia.

—Durísimo. Además, Germán se degradó muy rápido. A los dieciocho se fue a estudiar biología a la universidad en

Comodoro. Pero en vez de juntarse con gente de la uni, se hizo amigo de la peor calaña de la ciudad.

Yo, que había estudiado magisterio en Comodoro, sabía muy bien que en la ciudad del viento y el petróleo había rincones en los que ni la policía se animaba a entrar.

—Fijate si habrá sido duro para la familia que cuando él tenía veinticinco años y cayó preso por segunda vez, mis viejos decidieron no ir a visitarlo a la cárcel. Cortaron todo contacto. Más de una vez mi papá llegó a decir que su hijo estaba muerto.

—Parece que ahora la relación entre ellos está mejor, ¿no?

—Sí. Germán se metió solito en ese pozo y siempre sostuvo que debía salir solito también. Lo intentó de muchas maneras hasta que un verano apareció acá, llorando y pidiéndonos que lo lleváramos a un centro de rehabilitación. Pero mi padre, que es de la vieja escuela, le dijo que primero probara desintoxicarse a la vieja usanza. Decidieron que trabajaría en el campo codo con codo con él.

—¿Y funcionó?

—Contra lo que yo pensaba, sí. Con el tiempo entendí por qué. Mi hermano siempre fue un apasionado del campo. Le gusta con locura. El trabajo acá es duro, y no te deja demasiado tiempo para pensar. Por no hablar de que el *dealer* más cercano lo tenés a cien kilómetros.

—¿Volvió alguna vez a Comodoro?

—Sí. Al principio mis viejos tenían miedo e intentaban convencerlo de que no fuera, pero él quería asistir una vez por semana a las reuniones de Narcóticos Anónimos. Las primeras veces lo llevó papá, hasta que con el tiempo le tuvo confianza. Se podría decir que a mi hermano el campo lo enderezó.

Teresa levantó las manos a la altura de mis ojos. Las dos tenían los dedos cruzados.

—¿Hace cuánto que está de nuevo por acá?

—A ver… Vino para navidad del 2017, así que unos cuatro años y pico. Fue el mismo verano que pasó lo de Sara.

CAPÍTULO 26

Después de que la policía nos hubiera interrogado a todos, el grupo se sumió en la languidez y el mal humor. Separándonos para hacernos preguntas, la comisaria Benítez había dejado sembrada la posibilidad de que entre esas personas, algunas de las cuales se conocían desde hacía muchos años, podía estar el responsable de la desaparición del fósil.

Después de comer, sobre las tres de la tarde, la comisaria recibió una llamada por radio del equipo de la policía científica. Partían desde Comodoro y pedían que alguien los fuera a buscar a Cerro Dragón para indicarles el camino.

Juan Lavalle insistió en ser él quien los guiara. Dijo que necesitaba ir a un lugar con señal de teléfono porque estaba esperando un mensaje muy importante. Se fue en su propia camioneta, con el sargento Jara de copiloto.

A las dos horas, cuando volvieron seguidos de una furgoneta con el rótulo de la policía científica, los roles se habían invertido: era Jara quien iba al volante.

Lavalle bajó del asiento del acompañante con los hombros caídos y la mirada gacha. Se acercó a Teresa, que estaba al lado mío, y la miró a los ojos.

—Es Sara —dijo.

Teresa le dio un abrazo.

—¿A qué se refiere? —preguntó la comisaria.

Lavalle le mostró a la policía una imagen en su teléfono.

—Es una radiografía de la mano izquierda de Magdalena, la hermana gemela de Sara. Vive en Madrid. Esta mañana, cuando fuimos a Cerro Dragón para avisar del robo, la llamé y le pedí que se hiciera una. No hizo falta, porque hace dos años se fracturó un dedo.

Cobró sentido la frase que le habíamos oído a Lavalle en Cerro Dragón mientras hablaba por teléfono.

—Las falanges proximal y medial que encontramos tienen un surco muy pronunciado en la cabeza del hueso —añadió—. Algo así es muy poco común y tiene que ser de origen genético. En los huesos de Magdalena se ven los mismos surcos.

—No se apresure —matizó la comisaria—. Esperemos a ver qué dicen los expertos.

—¡Yo soy un experto! —gritó Lavalle—. Llevo treinta años estudiando huesos. ¿Cree que no puedo distinguir las falanges de mi esposa teniendo la radiografía de su gemela?

Teresa le puso una mano en el hombro para tranquilizarlo y se dirigió a la comisaria.

—Poca gente sabe extraer más información de un hueso que un paleontólogo. Estudiamos fósiles, sí, pero estamos constantemente comparándolos con huesos de seres vivos actuales para establecer paralelismos.

—Sara y Magdalena eran genéticamente idénticas —agregó Lavalle, algo más calmado—. Sus huesos, sus tejidos y hasta sus huellas dactilares son muy similares.

Los dos policías de la científica, que hasta el momento casi no habían hablado, le pidieron a Lavalle que les enviara la radiografía. Después se excusaron y nos anunciaron que se pondrían a trabajar de inmediato.

CAPÍTULO 27

Teresa guio a la policía científica por el precario camino entre el campamento y la excavación. Sus caras eran de perplejidad. Desde luego, nunca se habían enfrentado a un delito así. Estarían acostumbrados a fotografiar cadáveres, orificios de disparos o armas blancas, objetos rotos y manchas de sangre. Pero ahora estaban en una extensión de estepa infinita, rodeados de bolsas de yeso, rollos de papel higiénico, herramientas y, sobre todo, polvo.

De todos los integrantes de la campaña, las únicas que tenían algo que hacer eran las Elis. Filmaban y fotografiaban el actuar de la policía científica que, a diferencia de la comisaria Benítez y para sorpresa de todos, no se había negado. El documental para Bestflix acababa de tornarse mucho más jugoso.

Jacinto, por otra parte, no mostraba ningún interés en registrar aquello. Supuse que los uniformes de policía no quedan bien en videos institucionales de petroleras.

Borrás fue el primero en bajar los brazos y dijo que se iba a terminar el bochón de la tortuga para distraerse un poco. Patt y su perra Gala se le unieron.

Para las seis de la tarde, los únicos que quedaban en el sitio de la excavación, además de la policía, eran Teresa y Juan Lavalle. El resto habíamos vuelto al campamento. Incluso las Elis habían dejado de filmar. Me dijeron que mirar a la policía científica trabajando era incluso más aburrido que observar a paleontólogos.

Poco antes de las siete, la policía, Teresa y Juan volvieron al campamento y nos avisaron que se iban a la Isla de los Dinosaurios. Para las Elis aquello despertó un nuevo interés y los acompañaron.

Para mí, y supongo que para el resto también, las horas pasaron lentas. Cada uno intentaba llenarlas como mejor podía. Eduardo amasó para hacer pizzas a la parrilla. Jacinto catalogó sus fotografías. Yo me senté en una silla plegable a escribir un artículo con mi computadora en las piernas.

Apenas tuve en frente la página en blanco, una voz en mi cabeza me advirtió que podía pasar mucho tiempo hasta que tuviéramos respuestas. O quizás no las consiguiéramos nunca.

Como me había sugerido mi terapeuta, inspiré hondo y me centré en algo finito. El robo visto como una investigación abierta me generaba ansiedad, pero tomado como un hecho del pasado, tenía principio y fin en la madrugada anterior.

Mis dedos se deslizaron por el teclado para escribir el titular.

Roban el cráneo del dinosaurio carnívoro más grande del mundo.

Supuse que la orden de la policía de no hablar con nadie del tema incluía publicar un artículo en el diario de más tirada del país. Sin embargo, estas cosas tarde o temprano se terminan sabiendo. Así que abordé el artículo como el plato terminado de un programa de cocina: en cuanto el robo se filtrara, yo sacaría de debajo de la mesa la crónica lista.

Terminé el primer borrador casi a las diez de la noche. Cuando cerré mi computadora vi en el horizonte tres nubes de tierra teñidas de rosado por la última claridad del día. Eran las camionetas de la policía y la de Teresa, que volvían de la Isla de los Dinosaurios.

—No hay casi nada —dijo una de las agentes de la científica cuando estuvimos todos reunidos—. Lo más relevante son los huesos que encontraron ustedes.

—¿Y la huella de moto que atraviesa el lago hasta la Isla? —pregunté.

—Se pierde al salir del lago. La tormenta de arena borró el poco rastro que podría haber dejado en tierra firme.

CAPÍTULO 28

La policía nos informó que se iban pero continuarían con la investigación. La comisaria le aseguró a Teresa que contactaría con todos los pueblos y parajes a lo largo de la ruta 26 para preguntar si alguien había visto algo sospechoso. Los de la científica dijeron que analizarían los huesos y las notas en busca de huellas dactilares. También le informaron a Juan Lavalle que, pese a que el hueso tuviera cuatro años, era perfectamente posible extraer ADN para confirmar si se trataba de Sara.

Cuando los dos vehículos policiales se alejaron del campamento, nos miramos como preguntándonos qué hacer. Eduardo anunció que prepararía la cena, aunque la mayoría le dijo que no tenía hambre.

—¿Hay mucho mercado negro de fósiles en Argentina? —le pregunté a Teresa mientras caminábamos por los alrededores del campamento.

—¿A vos qué te parece? Si hay mercado negro de riñones y de pornografía infantil, ¿no va a haber de fósiles?

—Es cierto. Perdón por la pregunta.

—Las piezas que se venden en Argentina son pequeñas: un diente, una garra o una piña de conífera petrificada. Cosas fáciles de transportar.

—Supongo que también tendrán valores relativamente bajos.

—En general sí, pero no siempre. Hace poco la cancillería recuperó un huevo de dinosaurio con un embrión fosilizado dentro. Al ser una rareza paleontológica única, tiene un valor altísimo en el mercado negro. Estuvo décadas fuera del país. Casi lo subastan en Nueva York en 1999, pero a último momento lo cancelaron y se le perdió el rastro hasta 2020, cuando apareció en Suecia y lograron repatriarlo.

Teresa hizo con las manos un círculo del tamaño de un pomelo.

—Ese fósil es ideal para el mercado negro, porque es chiquito y de muy alto valor. En cambio, Bartolo es gigante. Seguro que pagarían por él una fortuna, pero imaginate la logística que requiere. Robarlo, prepararlo en un laboratorio, probablemente sacarlo del país. No cualquiera puede hacer algo así.

—¿Por cuánto creés que se podría vender?

—Es muy difícil ponerle un precio. Depende de los contactos que tenga el vendedor y del país de origen del comprador. En Estados Unidos, Japón y Emiratos Árabes hay coleccionistas con muchísimo dinero.

—Pero, más o menos, ¿cuánto?

—Y... por ponerte un ejemplo, en 2007 subastaron un cráneo de *Tarbosaurus bataar,* un dinosaurio muy parecido al *T-rex* pero que vivió en Mongolia en vez de en Estados Unidos. Hubo una puja fuerte entre dos compradores y el precio terminó en casi trescientos mil dólares. Con el tiempo se supo que los dos que pujaban eran Leonardo di Caprio y Nicholas Cage.

—¿En serio?

—Sí. Ganó Nicholas Cage.

—Trescientos mil dólares es un montón.

—Sí, y eso fue hace quince años. Hoy seguramente sería mucho más. Además, en el mundo hay varios ejemplares de *Tarbosaurus bataar*. El que nos robaron a nosotros es único, más grande y, al menos la parte que despejamos para hacer el bochón, está en un estado de conservación excelente. Además, tiene un valor científico mucho mayor que cualquier tiranosaurio.

—¿Por ser más grande?

Teresa soltó una risita y miró al cielo estrellado.

—Los hombres y su obsesión por el tamaño. Hay cosas más importantes en la vida.

—¿Ah sí? No sabía —bromeé.

—El registro fósil es, por definición, incompleto. Imaginate uno de esos dibujos de pintar uniendo con puntos. Cada vez que se encuentra un dinosaurio nuevo, se agrega algún punto, se mueve de lugar, o desaparece. Si el descubrimiento es importante, los puntos se mueven mucho y el dibujo cambia. Pensabas que estabas dibujando una casa, pero en realidad es un camión.

—¿Y Bartolo cambia mucho el dibujo?

—Muchísimo. Bartolo es un carcarodontosáurido, que significa «lagarto con dientes de tiburón». Es el primero de su familia que aparece en un afloramiento de edad tan reciente. Vivió hace sesenta y siete millones de años. Eso es al menos veintidós millones de años después que cualquier otro carcarodontosáurido conocido.

—Entiendo que eso sea muy importante para la ciencia, pero...

—Súper importante —me corrigió Teresa.

—Súper importante —concedí—. Pero, ¿le importa a un coleccionista?

—De eso se encargan los vendedores de fósiles. Cuando ofrecen una pieza, mientras más única sea la historia que la acompaña, más rédito le pueden sacar. Cualquier persona del mundo con acceso a un mapa geológico puede saber que los fósiles de la zona del Colhué Huapi son muy posteriores a cualquier carcarodontosáurido conocido. Bartolo es único lo mires por donde lo mires. Más grande que el *Giganotosaurus* y que el *T-rex*, sí, pero también una prueba de que su familia desapareció mucho después de lo que se creía.

—Entonces, ¿creés que puede valer más que un tiranosaurio en el mercado negro?

—Diría que sí. Además, cuanto más difícil de conseguir es

algo, mayor es su precio. Los fósiles argentinos están entre los más codiciados del mundo porque son ilegales.

—¿Cuánto?

—No sé. Un millón de dólares. Diez. Quince. El precio que quiera pagar el comprador.

—¿Quince millones de dólares?

—No lo sé exactamente. Lo que sí te puedo decir es que, aunque a nosotros nos parezca increíble, hay gente dispuesta a gastar una fortuna en esto.

CAPÍTULO 29

Los Ángeles, California. Octubre de 2019.

Joseph Herrero y Stephen Lofthouse tienen mucho en común. Ambos han fundado y vendido empresas en el sector de la tecnología. Ambos se han dedicado recientemente a crear compañías de compra y venta de criptomonedas. Y ambos son grandes coleccionistas de fósiles.

También tienen en común que, a las cinco de la tarde del 6 de octubre de 2019, cada uno está en su mansión en Los Ángeles con dos teléfonos enfrente. Uno de ellos está en línea directa con la casa de subastas Christie's, en Nueva York. El otro los conecta entre sí.

—Te voy a patear el culo —dice Lofthouse antes de que empiecen las pujas.

—Eso ya lo veremos —responde Herrero.

—No sé para qué lo intentas. Mi empresa factura tres veces más que la tuya. ¿Quién crees que tiene más dinero?

A cuatro mil kilómetros de ellos, en Nueva York, una mujer rubia vestida de negro levanta un martillo de madera y anuncia el lote 59, el último de la noche.

—Stan —dice—. El *Tyrannosaurus rex* más completo encontrado hasta la fecha. Precio de salida: tres millones de dólares.

Veinte segundos después de que empiece la subasta, las pujas suben a nueve millones. Un millón más que *Sue*, el último tiranosaurio subastado, veinte años atrás. Ni Lofthouse ni Herrero han abierto la boca. En once millones novecientos mil dólares, la guerra de ofertas parece frenarse.

La rematadora levanta el martillo y dice «Once millones novecientos mil a la una, once millones novecientos mil a las dos...».

—Doce millones —dice Lofthouse.

—¿Doce? Serás miserable —protesta Herrero—. ¡Quince millones!

La puja de Herrero parece animar a otros posibles compradores. En un par de minutos, el precio sube a veinticuatro millones.

—Veinticuatro cien —puja Herrero.

—¿Quién es el miserable ahora? —pregunta Lofthouse—. ¡Veinticinco!

—Hijo de puta, ¿cuánto dinero tienes?

—Tres veces más que tú, te lo acabo de decir. Pero no deberías avergonzarte. Hay empresas que son eternamente segundonas y se las considera exitosas. Si no, mira a Pepsi.

—Chúpamela. ¡Veintiséis!

—Veintisiete quinientos.

Herrero cierra los ojos. Se muere de ganas de decir treinta, pero al precio de la puja hay que sumarle el casi dieciséis por ciento de comisión de la casa Christie's, y el monto ascendería a mucho más del máximo que puede permitirse esta noche —una suma que ha dejado atrás hace varios minutos—. Quiere seguir, para que Lofthouse se tenga que comer su soberbia, pero si lo hace será a expensas del capital de su empresa. Una cosa es ser coleccionista y otra, ludópata.

Recuerda un momento muy puntual de su infancia, cuando sus padres lo llevaron de vacaciones a México para que conociera la tierra de sus antepasados. Mientras su madre visitaba a una tía, su padre lo llevó a uno de los barrios más pobres del DF a ver una riña de gallos. Herrero tenía seis años y salió de allí llorando. Su padre le preguntó si se había dado cuenta de que ambos gallos habían empezado la pelea con el plumaje inflado, creyéndose ganadores.

«Uno de los dos estaba equivocado y no lo sabía», había dicho su padre con una lógica aplastante.

Herrero corta la llamada. No le queda otra que aceptar que, esta vez, le toca ser el gallo perdedor. Ve por la pantalla que tiene enfrente cómo la mujer baja el martillo de madera.

Al día siguiente, todos los periódicos del mundo publican que la casa de subastas Christie's ha vendido a Stan, el famoso *Tyrannosaurus rex*. El comprador, que desea permanecer en el anonimato, ha pagado por él veintisiete millones y medio de dólares más una desorbitada comisión que supera los cuatro millones. Con un total que asciende a treinta y un millones ochocientos mil dólares, Stan acaba de convertirse, con mucha diferencia, en el fósil más caro de la historia.

CAPÍTULO 30

Durante la cena, el humor en el campamento fue deplorable. Hablamos poco y comimos menos aún. Las pizzas a la parrilla hubieran estado buenísimas de no ser porque el ánimo no nos permitía disfrutarlas. Esa noche Eduardo podría haber servido cartón en vez de masa y habría dado lo mismo.

A diferencia de las otras noches, la gente se fue a dormir tarde. A mí se me cerraban los ojos del sueño, pero quería quedarme junto a Teresa para apoyarla. En un momento di una cabeceada en la silla y cuando me desperté, los únicos que quedábamos frente al fuego éramos Juan Lavalle y yo.

—¿Whisky? —me ofreció, mostrándome una petaca.

Hubiera preferido irme a dormir, pero si para mí había sido un día largo, no quería ni imaginarme para él.

—Muy poquito —respondí.

Puso un dedo del líquido en mi vaso y se llevó la petaca a la boca para tomar un trago. Después tiró un par de ramas de molle al fuego para avivarlo.

—Me hace acordar muchísimo a Sara —dijo, señalando hacia la carpa que Teresa compartía conmigo—. Cuando estaba viva, nunca reparé en que se parecían tanto. Pero ahora que no está, veo en Teresa muchas de sus actitudes, e incluso gestos.

Por la forma en la que hablaba, arrastrando un poco las consonantes, supe que Lavalle llevaba ya varios tragos de whisky.

—Perder a Sara es lo más duro que me pasó en la vida. ¿Cuántas parejas conocés que lleven treinta años juntas y sigan enamoradas?

—Pocas —respondí. Sólo me venían a la cabeza Carlucho y Dolores, y mis padres.

—Trabajábamos juntos, formamos una familia juntos, íbamos a clases de salsa y de teatro juntos. No nos cansábamos nunca el uno del otro.

—Debe ser durísimo.

—Mucho. Estuve un año sin poder ir a trabajar. Me quería morir. Pude salir adelante porque tengo dos hijos preciosos. Gemelos. Ahora tienen dieciséis años. Volví a buscar dinosaurios porque es lo único que sé hacer bien y porque es el hilo más fuerte que me mantiene conectado a ella.

Mientras Lavalle hablaba, la petaca de whisky describía una trayectoria elíptica. Daba la sensación de que se le resbalaría de los dedos en cualquier momento.

Me planteé, como seguramente se habría planteado él muchas veces, si después de una tragedia de tamañas dimensiones había sido buena idea volver a ese dinosaurio. No hizo falta que le hiciera esa ni ninguna otra pregunta, porque Lavalle quería hablar y yo era el único par de orejas que tenía a mano.

—¿Sabés lo que es pasar un mes entero acá, buscándola? Los primeros días te levantás y lo único que querés es encontrarla. Abrazarla. Decirle que todo está bien. Pero a medida que pasan los días, vas intuyendo que si la encontrás, no va a volver con vos a casa.

Los ojos de Lavalle reflejaban la llama del fuego, como si la rabia que llevaba dentro los hubiera encendido.

—Hasta que al final no podés seguir. Después de un mes, aceptás que está muerta. Entonces te vas con un dolor como si te hubieran arrancado una parte del cuerpo. Como ese escalador que se tuvo que cortar el brazo para poder liberarse de la roca que lo tenía atrapado.

Dio otro trago al whisky y se limpió con la manga un hilo

de líquido que se le había escapado por la comisura de los labios.

—Entonces este lugar se convierte en algo muy raro. Muy macabro. Por un lado es su tumba, pero por otro es la esperanza estúpida de que Sara aparezca y te cuente que, por una serie de casualidades imposibles, sobrevivió todo este tiempo pero no tuvo manera de contactarte.

—¿Eso es lo que te llevó a venir a esta campaña?

—No. Vine para ayudar a Teresa. Y porque ese dinosaurio es el descubrimiento más importante que hizo mi mujer en toda su carrera. Ella se merece que esto llegue a buen puerto, pero resulta que ahora el cráneo va a terminar en la sala de un coleccionista en vez de en un museo.

Empinó la petaca y después la puso boca abajo, como si le costara creer que se hubiera vaciado tan pronto.

—¿Te gusta Jorge Drexler?

—Sí —respondí.

—Tiene una canción, no me acuerdo cómo se llama. Él está tirado en la playa y la luna le habla. Le dice que la arena en la que está acostado es un punto ciego de la pena. Que la pena no puede llegar a ese lugar.

Lavalle tarareó balbuceando trozos de la letra.

—Me suena —dije.

—Bueno. Acá es al revés. Acá la pena tiene una lupa y te quema como si fueras una hormiga.

CAPÍTULO 31

Me metí a la carpa cerca de las doce de la noche. Teresa me recibió con los ojos grandes como un búho.
—¿No te podés dormir? —le pregunté.
—No creo que nadie pueda dormir hoy.
—Alguien sí —dije, poniéndome una mano detrás de la oreja. Desde la carpa de Harry Patt nos llegaba un ronquido suave. Supuse que pronto se le sumaría la motosierra de Juan Lavalle.
Teresa abrió los brazos y la abracé.
—¿Qué va a pasar ahora? —me susurró al oído.
—No lo sé. Yo le tengo fe a la policía —dije, para dejarla tranquila—. El bochón es grande y difícil de esconder.
—La científica de Comodoro nos lo dejó clarito: no encontraron nada. ¿Cuántos recursos creés que le van a dedicar a esto, si en la ciudad están hasta el cuello de robos, violaciones y asesinatos?
No supe qué contestar.
—No —se respondió a sí misma—. Esto lo tenemos que resolver nosotros.
—¿Cómo?
—No sé. Vos sos el que tiene experiencia. Resolviste el caso de Fabiana Orquera.
La presión en el estómago fue instantánea. Negué con la cabeza.
—Una cosa no tiene nada que ver con la otra.
—¿Cómo que no? Una mujer desaparecida en un campo y

alguien que deja pistas.

Me pasé disimuladamente las manos por los pantalones, para secar la transpiración. El alcohol me había ablandado hasta el punto de pensar en confesarle a Teresa la ansiedad que me generaban los proyectos largos.

—Teresa, sé que recuperar el cráneo es muy importante, pero yo no puedo ayudarte. Lo de Fabiana Orquera era una desaparición de hacía treinta años de la que todo el mundo se había olvidado. Esto es un robo que se va a volver mediático, porque está relacionado con una muerte reciente. Si te sirve que yo escriba en el diario para darle visibilidad al caso, contá conmigo, pero no podemos interferir con una investigación policial abierta.

De la frase «investigación policial abierta», la palabra que más nervioso me ponía era la tercera. Una cosa era ir unos días a una excavación de un dinosaurio, escribir un par de artículos y tener todo cerrado a la semana de volver a Buenos Aires. Otra muy distinta era meterme a investigar al mismo tiempo un robo y una desaparición. Eso podía llevar meses. O años. O no resolverse nunca. De sólo pensarlo, mi cuerpo reaccionaba con dolor de estómago, sudores y vergüenza.

Pero no quería contarle nada de eso a Teresa. Ni mucho menos decirle que el catalizador de mi ansiedad ante los proyectos largos había sido, justamente, la historia de Fabiana Orquera.

Pasaron dos años desde que comencé a escribir el libro en el aeropuerto de Comodoro Rivadavia hasta que llegó a las librerías. Tuve la suerte de publicarlo con una editorial muy grande, con oficinas en varias partes del mundo. Pensé que era el inicio de una carrera como escritor, pero la realidad me pegó cuatro patadas en la cara. Se vendieron ochocientos ejemplares. Para mí era increíble que tantas personas leyeran mi historia, pero para una multinacional era una miseria. Y aunque no me lo dijeron con esas palabras, no me ofrecieron volver a publicar con ellos.

La primera señal de que algo no iba bien dentro de mi

cabeza la tuve el día que envié la versión final del borrador a la editorial. Sentí lo que siente un peregrino cuando termina su periplo tras cargar con una pesada mochila durante muchos kilómetros. Tuve la sensación agradable de que a partir de ese momento viajaría más ligero de equipaje. Pero algo en mi cerebro hizo *clic* y en vez de disfrutar de esa ligereza, me obsesioné con nunca más volver a cargar algo tan pesado.

Con el correr del tiempo, me convencí de que mi felicidad pasaba por dar cierre a proyectos pequeños. No sé si el libro sobre Fabiana Orquera desencadenó algo o simplemente me ayudó a verlo. Llegué a plantearme que quizás me gustaba tanto mi profesión de maestro porque cada año hacía borrón y cuenta nueva. Nuevos alumnos, nuevos problemas. Una puerta que se abría en marzo y, pasara lo que pasara, se cerraba en diciembre.

Y me planteé también que el entusiasmo con el que escribía las columnas en El Orden, el diario de mi Puerto Deseado natal, también se debía a su naturaleza finita. Cada par de semanas, una historia nueva. Un proyecto tan acotado como la distancia entre una letra capital en una página y un punto final en la siguiente.

Por eso, cuando el director de *El Popular*, el diario más importante de Argentina, me escribió un email diciendo que le había encantado mi crónica sobre Fabiana Orquera y me ofreció trabajar con ellos, no lo dudé. Me daban la oportunidad de jugar en las grandes ligas a un juego que casi siempre tenía tiempos muy cortos.

Tres meses después de esa llamada por teléfono, estaba en el aeropuerto de Comodoro, donde había empezado todo, despidiéndome de mis padres. Listo para empezar en Buenos Aires, con treinta y tres años, una nueva etapa de la vida.

—Además, aunque quisiera, no puedo quedarme el tiempo que sería necesario —me excusé—. Tengo que volver a Buenos Aires en pocos días.

—Ya lo sé —me respondió, acariciándome la mejilla—.

Olvidate de lo que acabo de decirte. No tiene ni pies ni cabeza.

Sin decir nada más, le di un beso en la frente y me acosté boca arriba, con la mirada en la lona de la carpa, que se movía con el viento.

CAPÍTULO 32

A la mañana siguiente me levanté con algo de resaca. No solía tomar alcohol, y unos dedos de whisky habían sido suficientes para darme sed y dejarme la cabeza abombada.

Teresa estaba acostada a mi lado, con los ojos abiertos.

—¿Pudiste dormir algo? —le pregunté.

—Creo que sí. ¿Vos?

—Más o menos.

—¿Te puedo pedir un favor?

—El que quieras —respondí abriendo los brazos, seguro de que me pediría un abrazo.

—Haceme una pregunta.

—¿Una pregunta?

—Sobre Bartolo. La que quieras.

—¿Para qué?

—Me pasé toda la noche pensando en el robo. Tengo la cabeza como un bombo. La mejor manera de ordenar las ideas es presentándoselas a otro.

—A ver, dejame pensar…

—No se haga rogar, señor Donaire. Sé que le encanta hacer preguntas.

—Me dedico a eso, señorita Estévez. ¿O prefiere que la llame señora?

—¡Señora nunca!

Me sentí aliviado de verla sonreír, aunque fuese por un instante.

—Tengo una —dije—. ¿Qué relación hay entre el robo y la

desaparición de Sara? ¿Por qué los ladrones dejaron esas pistas?

—Para empezar, esas son dos preguntas. Y si tuviéramos la respuesta a cualquiera de ellas, no estaríamos acá. Así que te doy otra oportunidad.

—Bueno, tengo otra más fácil. Ayer, cuando salíamos para Cerro Dragón, te pregunté quiénes sabían dónde estaba Bartolo. Me respondiste que todo el mundo. ¿Qué quisiste decir?

Teresa sacó su teléfono de entre los pliegues de la bolsa de dormir. Me mostró la captura de pantalla de un tweet desde una cuenta llamada *sarapaleo* en la que aparecía una foto del cráneo a medio desenterrar y una frase en inglés.

—*Excavando el carnívoro más grande del mundo* —tradujo Teresa en voz alta.

Hasta el momento en que se había hecho esa captura de pantalla, la imagen había sido compartida doce mil quinientas veces.

—Es de hace cuatro años —observé, mirando la fecha.

—Sara lo publicó tres días antes de desaparecer.

En ese momento entendí qué era lo que no me cerraba del artículo que había leído, en el que se mencionaba ese tweet.

—Si acá no hay señal, ¿cómo hizo Sara para publicar la foto? —pregunté.

—Cuando Ledesma les mostró a Bartolo, a Sara y a su equipo no les quedaba suficiente yeso ni papel higiénico para dejarlo protegido hasta la campaña siguiente. Ella fue a comprar a Sarmiento con un alumno y desde ahí publicó la imagen. Diez días después, todos los diarios hablaban de la paleontóloga desaparecida en una estancia llamada Valle Precioso, cerca del Colhué Huapi.

—O sea que cualquier persona del mundo, desde la comodidad de su casa, pudo leer sobre la desaparición y saber dónde estaba el carnívoro más grande jamás encontrado.

—Exacto.

—Esa hipotética persona tuvo cuatro años para robarse el dinosaurio. ¿Por qué hacerlo justamente ahora?

—Porque una cosa es llevarse en una noche un bochón que está listo y otra es traer un equipo de paleontólogos para excavar un cráneo de casi dos metros. Estaban esperando a que nosotros hiciéramos el trabajo. Y, de nuevo, pudieron saber cuándo lo haríamos simplemente con una conexión a internet.

—Las webs de TransAmerican y la Jurassic Foundation —recordé en voz alta.

—También las redes sociales del MEF y, sobre todo, las de Bestflix.

—¿Qué tiene que ver Bestflix?

—¿Vos tenés idea de lo inusual que es un cocinero en una campaña paleontológica argentina?

—Según Lavalle, es inédito.

—Exacto. Y por más que Jacinto diga que su petrolera es un gran *sponsor*, el que puso la mayoría de la plata para esta campaña es Bestflix, a cambio de los derechos del documental que están haciendo las Elis.

Teresa tenía los ojos fijos en la lona azul del techo de la carpa. Cuando parpadeó, una lágrima le resbaló por la sien. Después de secársela, negó con la cabeza.

—Si pasa algo más y me lo querés contar, estamos *off the record* —bromeé.

Me dedicó una sonrisa triste.

—A veces siento que me estoy beneficiando de lo que le pasó a Sara.

—¿Por qué?

—Porque sin su desaparición no habría documental. Y sin documental, no habría tantos fondos. ¿Vos te pensás que Bestflix se va a limitar a hablar del dinosaurio? No. Lo van a entrelazar con la historia de la paleontóloga desaparecida. La tragedia vende. Y la tragedia sin resolver, vende aún más.

Hice lo que habría hecho cualquiera en mi situación: decirle que no debía sentirse culpable. Que, en todo caso, Sara estaría feliz de que su tragedia hubiera servido para algo. Pero por más que pronuncié esas palabras, en el fondo yo no podía dejar de pensar en que, por casualidad o no, con el robo de Bartolo el documental de Bestflix se tornaba mucho más interesante.

—¿Pensás que puede haber sido un sabotaje más que un robo?

—Eso me haría plantearme que estoy durmiendo con el enemigo.

—¿Cómo?

—El ingrediente principal de cualquier buena historia es el conflicto. ¿Quiénes están contando esta historia? Las Elis y vos.

A pesar de que me molestaba, lo que acababa de decir Teresa tenía sentido. Al fin y al cabo, apenas nos conocíamos.

—Además, Eliana es la hija de la directora del MEF. La conozco desde que era una nena. Se crio yendo a campañas paleontológicas. Les tiene demasiado cariño a los fósiles para hacer algo así.

—Quedamos Elizabeth y yo entonces.

—De los dos, vos sos el que tiene más cara de sospechoso —bromeó.

—No, te hablo en serio. Los dos nos beneficiamos de algo así.

—Eso ya lo pensé mil veces. Si nos ponemos a jugar a los detectives, en esta campaña sobran sospechosos.

—¿Quién más?

—Pensalo al revés. ¿A quién habría perjudicado que apareciera ese cráneo?

—¿Hay celos dentro de la comunidad científica por quién tiene el dinosaurio más grande?

—Sí y no. Los paleontólogos repetimos como loros que el tamaño no importa. Que puede aportar más valor científico un dinosaurio chiquito que uno muy grande. Y es verdad. Pero metete en la web del MEF. Una de las primeras cosas que ves es «Tenemos al *Patagotitan*, el dinosaurio más grande». Lo mismo en el museo de Villa El Chocón, donde trabaja Borrás. «Tenemos el carnívoro más grande». Nadie quiere tener el segundo más grande, ¿entendés? Encima, hay mucho margen de error en la estimación del tamaño usando fósiles. Según un método de estimación, el *Giganotosaurus* era más grande que el *T-rex*, pero según otros, no. Cada museo se aferra al estudio que le conviene para decir «tenemos al más grande». Eso genera más plata. Y todos, hasta el científico más hippie, necesitan dinero para hacer su trabajo.

—Entonces, ¿a quién perjudicaría la aparición de Bartolo?

—En principio, el *Giganotosaurus* dejaría de aspirar a ser el carnívoro más grande del mundo. Bartolo es de la misma familia, pero claramente más grande.

—O sea, a Alfredo Borrás. Él es el director del museo donde está el *Giganotosaurus*, ¿no?

—Sí, pero Alfredo sería incapaz.

Me pregunté si Teresa no era demasiado bien pensada. Según su parecer, nadie a su alrededor podría haber hecho algo así.

CAPÍTULO 33

Empujé con los pies la bolsa de dormir hasta quedar destapado. El sol de la mañana ya alcanzaba el campamento y el efecto invernadero de la carpa empezaba a notarse.

—¿Cómo se sumó Borrás a la campaña? —pregunté— ¿Lo invitaste vos?

—No. Me contactó él. Se había enterado del dinosaurio a raíz de la desaparición de Sara y me pidió que, en cuanto se retomara la excavación, contara con él. Incluso ofreció fondos de su museo para la campaña, aunque al final no hicieron falta.

—Si le interesaba tanto, ¿por qué se fue cuatro días a desenterrar una tortuga?

—Porque antes de eso se pasó seis trabajando en Bartolo de sol a sol. Una vez que el fósil está descubierto, hacer el bochón es muy fácil, como viste. Los paleontólogos estamos en el campo pocas semanas por año, así que intentamos exprimirlas al máximo. Borrás quiso centrarse en seguir buscando fósiles. Sabe que ya habrá tiempo para estudiar a Bartolo cuando esté en el laboratorio del MEF.

—¿Cuál fue su rol durante la excavación?

—Bueno, él es la persona que más sabe de carcarodontosáuridos en la Argentina.

—Pero ¿ese conocimiento es necesario mientras se excava?

—No está de más, aunque es cierto que cuando más podría aportar es al estudiar el fósil, una vez que los técnicos como Juan lo hayan preparado. En realidad, yo creo que Borrás quiso venir para no perder relevancia. Si se confirma que este dinosaurio es más grande que el *Giganoto*, entonces él no pasa a segundo plano, sino que se convierte en el paleontólogo que trabajó en los dos dinosaurios carnívoros más grandes.

—¿Y eso a vos no te molesta?

—Claro que me molesta. Pero no le podía impedir que viniera. Fue mi director de tesina en la carrera de geología. Es casi un amigo.

—Alguien muy cínico podría pensar que Borrás tiene motivos para hacer desaparecer a Bartolo —insistí.

Teresa negó con la cabeza.

—No conocés a Alfredo. Un hallazgo como el de Bartolo para él es Disneylandia. Jamás haría nada para perjudicarlo.

Asentí en silencio.

—Pero no había pensado en que el motivo puede no ser económico sino de prestigio —concedió Teresa.

—¿A quién más le perjudicaría la aparición de este dinosaurio?

—A los dueños de otros carnívoros gigantes en otras partes del mundo. Los *T-rex* más grandes de Estados Unidos, por ejemplo. Hay ejemplares en museos y otros en colecciones privadas. Por algunos de ellos se han pagado muchos millones de dólares.

—Los yanquis sí que son amantes de lo grande. *The bigger, the better*, ¿no? Mientras más grande, mejor.

—Sí —rio Teresa—. Aunque no creo que todo esto esté tan orquestado. Por momentos me planteo que la respuesta es más simple: alguien se enteró de que estábamos sacando ese dinosaurio, averiguó que se podía vender por un dineral y nos lo robó.

—Supongo que no habrá muchos laboratorios en el país equipados para preparar el cráneo, ¿no?

—El equipamiento es lo de menos. Montar un laboratorio de paleontología es barato. Necesitás un techo, un martillo percutor para fósiles, un compresor de aire y tres o cuatro pegamentos.

—Dicho así, suena como si cualquiera pudiera hacerlo.

—Ahí está la clave. Cualquier ciudadano de clase media podría vender su coche y comprar lo necesario para armarse un laboratorio en casa. Pero muy poca gente en el país tiene la habilidad para preparar un fósil así. Por no hablar del tiempo. Un cráneo como ese lleva por lo menos mil horas de trabajo. Eso equivale a una persona trabajando ocho horas por día durante seis meses.

—O tres personas dos meses, si quieren terminar rápido —apunté.

—Claro. Y en esa preparación está gran parte del valor del fósil.

—¿Podría tratarse de una banda de ladrones que no tengan nada que ver con el mundo de los dinosaurios?

—Podría, pero tendrían que tener un contacto que supiera prepararlo y encontrar el comprador indicado, seguramente fuera del país.

Desde hacía unos años, en la Patagonia era imposible hablar de una banda de ladrones y no pensar en los que habían robado, no muy lejos de allí, cinco toneladas de oro y plata de la mina de Entrevientos. Este cráneo, al fin y al cabo, no era muy distinto: algo muy valioso, salido directamente de la tierra, que se había esfumado.

CAPÍTULO 34

Cuando salimos de la carpa, el ambiente era igual de lastimoso. Las Elis miraban algo en el monitor de una de sus cámaras y Patt le tiraba desganado un palo a Gala. Supuse que el resto seguiría durmiendo, porque no estaban dentro del puesto.

Después de desayunar, le pedí a Teresa si me prestaba su camioneta para ir a Cerro Dragón a enviar por email un artículo que tenía pendiente. Me dijo que sí, porque si necesitaba moverse podía usar la de Juan o la de Borrás.

Cuando estaba por salir, Germán llegó al campamento y le entregó algunos víveres a Eduardo. Hice algo de tiempo hasta que tuve la oportunidad de hablar con él a solas. Me acerqué cuando se sentó a fumar un cigarrillo debajo de uno de los tamariscos.

—Germán, te quiero pedir disculpas si el otro día dije algo que te molestó con respecto al tatuaje.

El hermano de Teresa se llenó los pulmones de humo, me miró en silencio unos segundos y después hizo un gesto con la mano como quien le quita la nieve a un parabrisas.

—No pasa nada. El que tiene que pedir disculpas soy yo. A veces reacciono mal cuando me tocan la fibra.

—No fue mi intención.

—Ya lo sé.

Germán tiró al suelo el cigarrillo y se llevó a la boca un caramelo.

—Acá como me ves, de campo, arriando ovejas, viví

muchos años en la ciudad.

—Ajá.

—Y digamos que no me porté muy bien.

—¿En qué sentido? —pregunté, disimulando.

—Malas juntas, mucha noche, drogas y seguramente un montón de otras cosas de las que no me acuerdo. La cabeza no me quedó con todos los tornillos ajustados, digamos. Según mi hermana, soy «bueno pero inestable».

—Para haber pasado por algo así, se te ve muy bien.

—Estoy bien. Pero no fue fácil salir y mucho menos mantenerse en el lado bueno.

—Día por día, ¿no?

—¿Eso lo viste en una película o fuiste a Alcohólicos Anónimos?

—Película.

Germán sonrió ante mi sinceridad.

—Estuve preso dos veces. La primera, conocí a uno que hacía tatuajes. Y para hacerme el duro le pedí que me tatuara una serpiente que fuera del ombligo al cuello.

Germán se recorrió el torso con el índice.

—Quedó horrible —dijo, y largó una carcajada—. Le faltaba el cartelito «Made in la cárcel».

—Supongo que el tatuador no tendría los mejores elementos.

—Tinta china y un alfiler.

—O sea que este tatuaje te lo hiciste para tapar el feo —dije, con miedo a volver a adentrarme en un campo minado.

—Sí.

—¿Y por qué te molestó que te dijera esto mismo la otra vez?

Antes de hablar, Germán cortó una ramita de tamarisco y la empezó a romper en pedazos diminutos.

—Dentro de la serpiente había una palabra. «Angustias».

—Es una palabra muy triste.

Germán asintió.

—Era el nombre de mi novia.

Le pedí perdón con un gesto de las manos. Yo sabía que Angustias era un nombre, pero nunca había conocido a ninguna.

—No te preocupes. Nadie que vio el tatuaje en los seis años que lo tuve supo que era un nombre. Cuando todavía no sabíamos el sexo del hijo que esperamos con Vanina, teníamos una disputa por el nombre. Si era nena, ella quería ponerle Soledad. Yo le decía que Soledad es una palabra que transmite pena. Como Dolores, o Consuelo.

—Supongo que es cuestión de costumbre. Yo conozco a muchas mujeres llamadas Soledad y nunca asocié su nombre con el significado de la palabra.

—Bueno, con Angustias eso no pasaba.

—Me imagino.

—Te la hago corta: con Angustias la cosa no prosperó por culpa mía. Salí de la cárcel peor de como entré. Me mandé más cagadas que antes y volví a caer preso.

Sin saber qué decir, asentí con cara de póker.

—Pero esa segunda vez sí me sirvió. Tuve de compañero de celda a un pibe de Trelew con el que me hice muy amigo. Él también tenía una condena corta. Charlábamos todos los días y, de tanto hablar, entendimos que teníamos que alejarnos de toda esa mierda. Muchas veces fantaseábamos con lo que haríamos al salir de la cárcel. Yo le decía que quería venir acá a comerme un buen asado con mis viejos y mi hermana. Él me decía que lo primero que haría sería ponerme en contacto con su hermano para que me arreglara el tatuaje. Según él, era el mejor tatuador de la Patagonia.

—Parece que no exageraba —le dije, señalando la cabeza de la serpiente-dinosaurio.

—No, es un maestro absoluto. Cuando fui a su estudio, me dijo que podíamos transformar la serpiente en lo que yo quisiera, pero que la cabeza tenía buena estructura y con un retoque podía quedar muy bien. Entonces le pedí que tapara el nombre de Angustias. Si hubiera sabido lo que iba a venir después, le habría pedido que me transformara la cabeza de la serpiente en algo lo más distinto posible.

—¿A qué te referís?

—Vanina les tiene fobia. Pero fobia mal, o sea, le transpiran las manos y se queda paralizada.

—La entiendo —dije, sin dar más detalles.

—Cuando empezamos a salir, yo me ponía ropa de cuello alto, porque hay muchos prejuicios con los tatuajes. La primera vez que lo vio se quedó horrorizada, pero para ese momento el tatuador ya había retocado la cabeza. Por suerte, a Vanina lo que le da más asco de las serpientes es el cuerpo y la forma en la que se mueven. Entonces se me ocurrió dejar la cabeza como estaba pero que el cuerpo se transformara en un dinosaurio.

Germán señaló con su brazo musculoso a Teresa, que hablaba con Patt frente a su carpa, a unos veinte metros de nosotros.

—También fue un homenaje a mi hermana. Ella ama los dinosaurios y yo la amo a ella. Además, ahora que voy a tener un hijo, ¿sabés lo increíble que debe de ser para un pibe que su papá tenga tatuado un dinosaurio? Me imagino a todos sus compañeritos de jardín pidiéndome que me abra la camisa.

Sonreí, pero no supe qué responder. Entendía lo que me decía, pero éramos tan diferentes que me costaba ponerme en su lugar. Por momentos, Germán Estévez me resultaba tan extraño como el ser mitológico que él mismo había inventado.

CAPÍTULO 35

En cuanto mi teléfono volvió a tener señal, se volvió loco emitiendo sonidos como una máquina de casino que acaba de entregar el premio gordo. Detuve la camioneta al costado de la ruta para dar una ojeada rápida a la marea de notificaciones. En su mayoría eran mensajes de gente del trabajo. Lo que más me llamó la atención fueron las nueve llamadas perdidas de Diego Campoy, el jefe de mi jefe. Apreté el botón para llamarlo, puse el aparato en manos libres y volví a incorporarme al asfalto para seguir camino a Cerro Dragón.

—¿Dónde te habías metido, Donaire?

—En la Patagonia, escribiendo sobre el dinosaurio. ¿No te dijo nada Francisco? —pregunté, refiriéndome a Francisco Navarro, mi jefe y su subordinado.

Mi respuesta pareció descolocarlo.

—Vos no hablaste con Francisco desde que te fuiste, ¿no?

—No, porque en el campo donde estoy no hay señal de teléfono. Me acaban de entrar un par de audios largos de él, pero todavía no los escuché. Tengo una avalancha de…

—Francisco no trabaja más para nosotros —me cortó—. Desde ayer.

—¿Qué? No me digas que hicieron los recortes.

—Hicieron los recortes.

—Hijos de puta. ¿A cuántos echaron?

—A un veinticinco por ciento. Pero quedate tranquilo que a vos no.

¿Tranquilo? ¿Cómo me iba a quedar tranquilo sabiendo

que cuando volviera a Buenos Aires uno de cada cuatro compañeros ya no iba a estar en la redacción?

—Lo que no quiere decir que no te afecte todo esto —agregó Campoy.

—Claro que me afecta. Son mis compañeros.

—No me refería a eso. Bueno, no sólo a eso. Volvés mañana a Buenos Aires.

—¿Qué?

—Donaire, cuando a un equipo de fútbol le echan a un jugador, hay que redistribuir para seguir cubriendo todas las posiciones. Y a nosotros nos acaban de echar a varios. Vos sos el candidato justo para recolocar, porque te movés bien en toda la cancha.

Noté que el corazón se me aceleraba. Justamente esa falta de posición concreta en el campo de juego era lo que me mantenía en mis cabales. Empezar un proyecto y acabarlo.

—¿Me mandan a otra sección?

—Sí. A Economía.

El estómago se me encogió. Una camioneta que venía de frente me hizo señas de luces para avisarme que estaba invadiendo la mitad de su carril.

—No, a Economía no —dije, mientras volvía a detenerme a un costado de la ruta.

De todas las secciones a la que me podrían haber reubicado, Economía era la que más me aterrorizaba. No había en este planeta un proyecto más inconcluso y sin perspectivas de final que la economía argentina.

—¿Por qué no? —preguntó Campoy.

—Porque no sé nada del tema —dije a modo de excusa.

—En este país hasta el panadero te habla del dólar y de la inflación. ¿No va a poder escribir algo decente un periodista de pura cepa como vos?

Noté que las manos se me resbalaban del volante de la camioneta detenida. Bajé las dos ventanillas y sentí el aire frío en la cara transpirada.

Economía. Una puerta que no iba a poder cerrar nunca.

—Vos sabés que esta mañana renunció el ministro, ¿no? —me preguntó Campoy.

—¿El de Economía?

—Y sí. ¿Cuál va a ser? Donaire, ¿vos te fuiste al campo o te abdujeron los extraterrestres? ¿No te enteraste de la noticia?

—Sí, lo sabía —mentí—. Perdón, estoy un poco desconcertado.

—Me alegra saber que no estabas dentro de un ovni.

Inspiré hondo. Necesitaba librarme como fuera del nuevo puesto que Campoy acababa de asignarme. Mi salud mental no lo iba a soportar.

—Tengo algo más jugoso —dije—. Acaba de desaparecer el cráneo del dinosaurio carnívoro más grande del mundo. Se lo robaron, ¿entendés? Acá lo estábamos desenterrando y alguien en el medio de la noche se lo afanó.

Oí una carcajada al otro lado de la línea.

—Donaire, yo entiendo que estás allá en el sur, comiendo asadito, mirando la cordillera y viviendo una aventura de Tintín. Pero en el mundo real la gente no sabe cuánto va a valer la leche la semana que viene, ¿entendés? En estos días subió todo un veinte por ciento. ¡Veinte por ciento en días! A nadie le interesa un carajo ningún dinosaurio.

Decidí pasar por alto que Valle Precioso estaba a cientos de kilómetros de la Cordillera de los Andes, las montañas idílicas en las que pensaba Campoy cuando me imaginaba en la Patagonia. No era el momento de tener razón, sino de sobrevivir.

—Al contrario —contrarresté—. Justamente en un momento tan difícil necesitamos historias que hablen de otra cosa. Que descompriman. La gente tarde o temprano se cansa de hablar del dólar y de la inflación.

—La gente lleva sesenta años hablando del dólar y la inflación. Y por supuesto que hay que abordar otros temas, pero ahora a vos te necesitamos acá escribiendo sobre economía. Te guste o no. Así que sacate un pasaje para mañana mismo o te lo saco yo.

—Esperá, Campoy. Escuchame. Llevo siete años trabajando para *El Popular* y considero que en general hago bien las cosas, ¿no?

—Hasta ahora no hay quejas. No hagas que eso cambie.

—No va a cambiar. Sólo te pido que confíes en mí y me des un poco más de tiempo. Esta historia es muy jugosa. El cráneo es único en el mundo y vale millones de dólares. Dólares, ¿entendés? Hasta este bicho está relacionado con la economía.

Hubo un silencio del otro lado de la línea.

—No hace falta que me respondas ya —añadí—. En cuanto colguemos te envío un borrador. Vos lo leés, lo pensás y me decís algo. Voy a tener señal de teléfono todo el día.

Campoy soltó un largo soplido.

—Mandámelo y esperá mi respuesta —dijo. Y cortó.

Abrí la computadora portátil y releí el borrador del artículo sobre Bartolo. Yo, que había casi tildado a las Elis de amarillistas, ahora estaba usando exactamente lo mismo para beneficio propio. El artículo hablaba del robo de Bartolo, de la desaparición de Sara y hasta de la falange con las pistas.

No era el momento de enviarlo. La policía había sido clara con que no compartiéramos lo que sabíamos con nadie. Pero si no lo hacía, las consecuencias para mí podían ser devastadoras. De la sección de economía a una baja por depresión sería cuestión de meses.

Adjunté el borrador y le pedí a Campoy que no lo compartiera. Le dije, además de lo de la policía, que no había obtenido permiso de las fuentes para citarlas y que, si ese artículo llegaba a ver la luz, *El Popular* tendría un problema legal importante. Bueno, en realidad mis palabras fueron «El diario se puede comer un juicio grande como una casa». La palabra «juicio» suele ser extremadamente efectiva para que la gente piense antes de actuar.

Me conecté a internet a través de mi teléfono y envié el correo con un sabor amargo en la boca. Consciente de que estaba traicionando a Teresa, crucé los dedos para que todo saliera bien, atrapando entre ellos un hilo de esperanza.

Resultó ser un hilo finito y frágil. A la media hora, mientras me tomaba un café en la estación de servicio de Cerro Dragón, la respuesta de Campoy traía adjunto un pasaje a Buenos Aires para dentro de seis días.

«*Buen artículo. Si podés ampliar y escribir un par más en estos seis días (además de conseguir los permisos de las fuentes), quedate. Si no, cambiá el pasaje y volvé ya mismo. Te necesitamos*».

Cerré los ojos y me permití un par de respiraciones profundas. Aunque la tormenta seguía avanzando hacia mí, este primer chaparrón había pasado.

CAPÍTULO 36

Einstein es una de las personas más citadas de la humanidad. Su relatividad, un concepto físico que muy pocas personas en el mundo son capaces de entender al detalle, ha ido tomando un cariz tan mundano que lo haría revolverse en la tumba. Por ejemplo, ante la perspectiva de tener que volver a Buenos Aires a trabajar para la sección de economía del diario, profundizar un poco más en lo que había pasado con el dinosaurio me parecía abarcable y finito. Como una infección de oído muy molesta que queda opacada cuando te parten un hueso. Todo es relativo.

Cuando volví al campamento, Lavalle me dijo que Teresa se había ido a cenar con sus padres y que yo también estaba invitado.

Encontré al matrimonio, a Teresa y a la mujer de Germán sentados a una mesa reluciente. Los muebles y el suelo también brillaban.

—Con la ansiedad me da por limpiar —me explicó Manuela.

—Llegaste justo —dijo su marido, agregando un plato a la mesa—. Estábamos a punto de cenar. Hicimos tallarines caseros.

—¿Alguna novedad? —le pregunté a Teresa.

—Nada.

Me senté al lado de Vanina, la mujer de Germán.

—¿Qué tal va eso? —Señalé la panza redonda que le impedía acercarse a la mesa.

—Muy bien. Creciendo y moviéndose. No veo la hora de que nazca.

—¿Germán no está?

—No. Se fue a Sarmiento a buscar la llave de una de las casas que alquila. Se nos va el inquilino.

—Espero que aparezca otro pronto.

—Espero. Si no, vamos a tener que hacer magia. A lo mejor te pido unos consejos, Teresa.

Vanina, Teresa y sus padres se echaron a reír.

—Pobre Nahuel, no entiende nada. Hacéselo, Tere —le dijo su padre.

—En otro momento —dijo Teresa.

—¿Hacerme qué?

—Dale, no te hagas rogar —insistió su cuñada—. Te va a venir bien dejar de pensar por un segundo.

Teresa asintió resignada.

—Dame un billete —me dijo—. El que tengas.

Saqué uno de cien pesos. Teresa se arremangó la camisa y me mostró las manos por el frente y por el dorso antes de agarrar el billete por una esquina. Lo plegó con movimientos certeros. Primero a la mitad. Luego en cuatro. Ocho. Dieciséis. Cuando me lo devolvió, los cien pesos se habían transformado en un bloque de papel macizo.

—Intentá plegarlo otra vez.

Era imposible. Estaba tan duro como si fuera madera. Se lo devolví tal cual me lo había dado.

Con un gesto teatral, Teresa se puso el billete en la mano y la cerró dedo por dedo.

—Si estuviéramos en cualquier parte del mundo, ¿qué te diría un mago?

—Que sople.

—Exactamente —dijo, poniéndose de pie y caminando hacia la puerta—. Pero acá, ¿te parece que hace falta soplar?

Hubo risas que me hicieron suponer que ese comentario era una novedad con respecto a la versión anterior. Teresa se asomó a la puerta y levantó la mano por encima de su cabeza.

—Acá tenemos un soplador veinticuatro horas al día —dijo, tirando con la otra mano un puñado de arena que cayó oblicuo por el efecto de aire.

Cuando volvió a mostrarme el papel plegado, había cambiado de color. Ya no era violáceo sino verde. Volvió a sentarse frente a mí y con dedos ágiles lo desplegó para mostrarme cien dólares.

—Transformar cien pesos en cien dólares. Eso sí que nos vendría bien —dijo Vanina, y todos aplaudimos.

—¿Puedo hacer una pregunta?

—No te pienso revelar cómo se hace.

—No es eso. ¿Siempre llevás cien dólares encima, por si hay que hacer un truco de magia?

—Por supuesto. Pero estos no son cien dólares normales. Son mágicos.

Teresa dio vuelta el billete para mostrarme el reverso. Era de un color verde completamente liso salvo por las palabras que lo cruzaban: «Sin Valor. Réplica de uso exclusivo para entretenimiento».

En cuanto Teresa se guardó su billete y me devolvió el mío, Manuela puso en el centro de la mesa unos tallarines con salsa de tomate y estofado de guanaco que estaban para chuparse los dedos.

Mientras comíamos hicimos un esfuerzo consciente para hablar de cualquier cosa que no fuera el robo del dinosaurio. Teresa me contó cómo había nacido su afición por la magia. De ahí pasamos a hablar de la situación económica actual, un tema favorito en cualquier mesa argentina. Cuando Anselmo Estévez mencionó la renuncia del ministro, no faltaron los chistes relacionándola con el truco de Teresa. Me sumé a las bromas para no pensar en lo que esa renuncia significaba para mí.

El pacto tácito duró hasta la sobremesa. Cuando Manuela ya había retirado los platitos del postre —arrollado de dulce de leche—, bajamos la guardia y dejamos que un silencio se nos colara en la conversación. Bastaron diez segundos sin hablar para que Teresa retomara el tema.

—No me puedo quedar de brazos cruzados otro día más. Mañana voy a hablar con Mendizábal, a ver si sabe algo.

—A Mendizábal ya lo habrá interrogado la policía —intervino Vanina.

—Sí, pero nosotros no sabemos lo que les dijo. El viejo es cascarrabias pero bueno y confía en mí. Si sabe algo, me lo va a contar.

—Te acompaño, si querés —dije.

Teresa me miró extrañada.

—¿Cuándo volvés a Buenos Aires?

—Conseguí una extensión. Quiero ayudarte.

Me pareció ver una pequeña sonrisa de satisfacción en su rostro, pero enseguida miró al resto de su familia.

—A lo mejor Mendizábal sabe algo de lo del yugo —dijo.

—¿Qué yugo? —preguntó Vanina.

—¿Germán no te contó nada de las notas?

—No —respondió ella, insegura como si le hubieran hecho una pregunta con trampa.

Manuela le resumió lo de las frases que habíamos encontrado atadas a falanges humanas.

—La primera nos llevó a la Isla de los Dinosaurios —explicó Teresa—. Ahí encontramos la segunda. Decía exactamente: «No es normal que se trague por igual al del yugo y al pájaro de hierro».

—Es como una pista, ¿no? —preguntó Vanina, sin poder disimular su entusiasmo.

—Parece.

—¿Quién puede ser el del yugo?

—El yugo es el apero que se le pone a los bueyes para que tiren del arado —expliqué.

—Ya sé lo que es un yugo —rio Vanina, agarrándose la panza—. Me crie en un campo a menos de cien kilómetros de acá. Pero no recuerdo haber visto nunca un buey, ni que mi papá o mi abuelo me hablaran de uno. Las pocas veces que los vi usar un yugo, lo hacían tirar por un caballo.

—En esta zona casi no se ara —explicó Estévez—. Un pedacito para hacer huerta, como mucho. Pero lo punteábamos con pala o, si alguno tenía un yugo, como tu papá, lo ataba al caballo. Nadie iba a mantener un buey o una mula para arar doscientos metros cuadrados una vez por año.

—¿Puede ser entonces que la frase se refiera a un caballo? —dije.

—Puede ser —respondió Estévez.

—«No es normal que se trague por igual al caballo y al pájaro de hierro» —dijo Teresa.

—El pájaro de hierro tiene que ser un avión —observé.

Mis palabras llegaron tarde. Antes de que yo hubiese terminado la frase, Estévez ya se había llevado las manos a la cabeza y miraba con los ojos redondos a su hija Teresa.

—¿Cómo no se nos ocurrió antes? —dijo ella.

—¡El avión de Mendizábal! —exclamó Manuela.

—Mendizábal, ¿el vecino? —pregunté.

—Sí, tiene que ser ese avión —dijo Estévez.

—¿El vecino tiene un avión?

—Sí. Bueno, no exactamente —me dijo Teresa, y me contó una de esas historias que sólo pueden pasar en la Patagonia.

Porque historias de vuelos privados en las que todos los tripulantes terminan muertos hay en todo el mundo. Lo que no abunda es que, además, el avión se desvanezca durante medio siglo.

CAPÍTULO 37

A la mañana siguiente Teresa golpeó la puerta de la habitación en la que yo había pasado la noche.
—¿Me acompañás a ver el avión? —me preguntó.
—Pensé que querrías ir con Juan o con tu papá.
—Juan esta mañana se iba a Comodoro a intentar hablar con el forense y mi papá no puede porque hoy viene el que le compra la sal.
—Sí, por supuesto, vamos.
—Genial. El capuchino con leche de soja y el *croissant* integral te los pido para llevar, así no perdemos tiempo.

Diez minutos después, me subía a la camioneta de Teresa con una bolsa de tortas fritas hechas por su madre en una mano y un equipo de mate en la otra.

Teresa ya había desayunado y llenado de combustible el tanque de las dos motos, que seguían sujetas con zunchos en la parte de atrás de la camioneta desde nuestra excursión a la Isla de los Dinosaurios.

Cuando nos pusimos en marcha, Teresa siguió un camino que bordeaba lo que había sido la orilla del lago. Al cabo de veinte minutos, llegamos a una tranquera cerrada. Como había hecho tantas veces en los viajes de mi niñez a Cabo Blanco, me bajé, la abrí, esperé a que la camioneta pasara, volví a cerrarla y me subí nuevamente al vehículo.

—Esta parte también pertenece a Plumas Negras, el campo de Mendizábal —me explicó Teresa.
—¿Plumas Negras no está al sur de la estancia de tu fami-

lia?

—Y también al oeste. Tiene forma de L. Esta es la parte de arriba, que en su mayoría es lago. Seco, pero lago al fin. Toda la actividad de Plumas Negras se centró siempre en la parte sur del campo. Ahí está la casa, los puestos y los animales.

Recordé un mapa de las estancias de la Patagonia que había visto alguna vez. La mayoría eran rectangulares, pero algunas, a través de ventas, muertes, matrimonios y divorcios, se habían convertido en verdaderas piezas de Tetris.

Después de cinco kilómetros, Teresa giró hacia la derecha y se metió en el lago. Miré hacia atrás y vi que las ruedas de la camioneta dejaban unas líneas oscuras en el barro. Dos kilómetros más adelante, nos pasamos a las motos.

Después de un cuarto de hora atravesando la planicie estéril, Teresa señaló unas chapas oxidadas en el horizonte.

—Ahí está el avión —dijo.

Me desconcertaba lo que teníamos enfrente. A medida que nos acercábamos, me daba cuenta de que las chapas no tenían forma de ala, ni de fuselaje ni de nada que se pareciera a un aeroplano.

Al llegar, lo entendí. Las chapas eran sólo eso, chapas. Tambores de doscientos litros cortados y abiertos, dispuestos uno al lado de otro formando un muro metálico de un metro de alto. De un lado, la arena se acumulaba como en las paredes de la casa de los Estévez. Del otro había dos palas y un círculo negro de lo que alguna vez había sido un fuego.

A pocos pasos de la barricada improvisada había un foso de un metro y medio de profundidad con forma de cruz. Dentro descansaba un avión sucio de tierra, con el fuselaje apoyado en el barro húmedo.

La noche anterior, después de descifrar el significado de la nota, Teresa me había contado al detalle la historia de ese avión. Era un Piper Apache privado que cayó en el lago en 1964. Los cuatro tripulantes aparecieron ahogados en la orilla a los pocos días, pero la aeronave había permanecido perdida durante más de cincuenta años.

—Tiene que ser este el pájaro de hierro —dijo Teresa—. No se puede llegar a caballo, porque las patas del animal se hunden. Hasta que en los campos no se empezaron a usar motos, toda esta zona era inaccesible.

A nuestros pies, dentro de la cabina del aeroplano distinguí relojes y palancas. Sobre el ala derecha todavía podía leerse la matrícula: LV-FXIJ.

—Para haber pasado cincuenta años debajo del agua, no está nada mal —dije.

—El sedimento del lago debe de haber ayudado a preservarlo.

Pensé en el caso de la corbeta Swift, en mi pueblo. Después de doscientos años bajo el agua y tapada por una gruesa capa de limo, objetos de madera, cuero y hasta cáscaras de huevo se habían conservado de manera excepcional.

—La persona que se robó el cráneo del dinosaurio conoce muy bien la historia de la zona —observé.

—Sin duda.

—Tiene que ser alguien de por acá, entonces.

—No sé. El canal Todo News publicó hace un año un reportaje sobre este Piper. Igual que con el cráneo, en teoría cualquiera podría haber dado con esto buscando en internet.

Me parecía poco plausible, pero no podía descartarse. Cada pieza del rompecabezas, incluyendo aquel avión, estaba disponibles en alguna página web. Ni siquiera un lugar tan remoto como este campo olvidado de la mano de Dios podía escapar al registro minucioso y distorsionado de la realidad en el que se había convertido el ciberespacio.

Bajamos juntos al foso que rodeaba el aeroplano. La pared de tierra me llegaba hasta el pecho. El barro arenoso, compactado, tenía la textura maleable del hormigón cuando todavía no terminó de fraguar y se puede escribir sobre él con un palo. Miles de marcas irregulares, como las dentelladas de una criatura gigante, revelaban la magnitud de la proeza: el avión había sido desenterrado a fuerza de pala, sin maquinaria.

Cuando nos asomamos a la cabina noté que la mayoría de los relojes habían permanecido estancos. Le pasé el dedo a uno para quitarle los restos de barro seco y descubrí un altímetro en el que una aguja naranja marcaba cero.

Había rastros de actividad humana en todo el avión. En la chapa del fuselaje se notaba la estela del trapo con el que habían lavado el grueso de la tierra. Lo mismo en los vidrios delanteros. El trabajo de limpieza era titánico y todavía quedaba mucho por hacer, pero habían avanzado bastante.

Tratando al aparato con el mismo cuidado que a un fósil, Teresa metió medio cuerpo en la cabina.

—Increíble —dijo—. Todavía se conserva el cuero original de los asientos.

—Fijate si ves alguna nota parecida a las otras dos.

—Gracias. No se me había ocurrido.

Teresa se encaramó aún más en el lateral del avión y quedó prácticamente con las piernas para arriba.

—Acá hay algo —dijo.

—¿Qué es?

—Ayudame a salir que no puedo.

Tiré un poco de sus piernas hasta que logró pisar en firme. En la mano sostenía una nueva falange humana. Igual que las anteriores, un hilo blanco sujetaba a ella un pequeño papel doblado.

—Estaba debajo del asiento del piloto.

Teresa deshizo el nudo pero no llegó a desdoblar la nota. Los disparos no se lo permitieron.

CAPÍTULO 38

Para cuando reaccionamos tirándonos al suelo, tres balas ya habían zumbado sobre nuestras cabezas.

—¡Salgan de ahí ya mismo! —dijo la voz de un hombre que no podía estar a más de cinco metros de nosotros.

—Sólo estábamos mirando —gritó Teresa—. No tocamos nada.

—Fuera.

Teresa me hizo un gesto afirmativo y levantó las manos. Nos erguimos muy lentamente. Cuando asomé la cabeza, cerré los ojos esperando lo peor. Sin embargo, en vez de un disparo, oí una carcajada.

—¡Teresa! ¿Qué hace acá?

Era Rogelio Ledesma, el empleado de Mendizábal.

—Rogelio. ¿Cómo está? Casi me mata de un susto.

—Perdón —respondió el hombre, bajando el arma—. Con tanto barro no reconocí las motos. Pensé que eran los curiosos de siempre. Cada vez que viene alguien, al avión le falta un relojito o una palanquita.

—No se preocupe que nosotros no tocamos nada.

—Usted no me preocupa. Está acostumbrada a manipular cosas más viejas que este cachirulo. —Ledesma sonrió, y el párpado marchito del ojo vacío se le arrugó aún más.

—Nahuel, mi amigo, quería ver el avión —explicó Teresa—. Trabaja para la misma empresa que los periodistas que vinieron a hacer el reportaje hace un par de años.

Rogelio Ledesma se acercó a un tambor de doscientos litros cortado por la mitad. Era parecido a los que se usan para hacer asado, salvo que este estaba con la abertura hacia abajo. Cuando lo levantó, vi botellas de agua, un equipo de mate, paquetes de yerba, galletitas, fósforos, cigarrillos, petacas y una botella de alcohol puro.

Debajo de otro medio barril había leña. Palos retorcidos de no más de siete centímetros de grosor. Considerando la vegetación del lugar, todo un botín.

Ledesma apiló cuatro troncos contra el rincón tiznado de las chapas cortavientos, les echó un buen chorro de alcohol y los prendió. Encima puso un pequeño trípode de hierro sobre el que apoyó la pava para calentar agua para el mate.

—Le contaba a mi amigo lo increíble de este avión, ¿no? Cincuenta años desaparecido.

—Cincuenta y siete —precisó el hombre.

—¿Quién lo descubrió? —pregunté.

—Yo —dijo, tocándose el pecho con el pulgar—. Estaba rastreando a unas ovejas extraviadas y vi que del suelo asomaba algo de metal. Pensé que era una lancha, porque acá antes se pescaba.

Aunque me lo habían mencionado varias veces, la imagen de alguien navegando donde yo ahora pisaba tierra reseca me seguía resultando difícil de comprender.

—Pero al final era un avión —dijo el hombre, y se permitió sonreír.

—¿Lleva mucho tiempo desenterrándolo? —pregunté, señalando los grandes montículos de tierra junto a la fosa.

—Tres años, más o menos.

—¿Y qué va a hacer cuando termine?

—No sé. El patrón dice que es mío y me da permiso para venderlo, pero está difícil entrar con un vehículo para llevárselo.

—Entonces, ¿por qué lo hace?

—Me gusta. Cuando termino de trabajar vengo y le doy un rato a la pala. Es relajante.

La frase confirmó algo que yo había aprendido en Las Maras: la gente de campo está hecha de otra pasta. A mí me relajaba un masaje o sentarme a mirar una película, pero no desenterrar un avión a pulso.

—Si quiere, puede escribir un artículo sobre el aparato este —me sugirió Ledesma.

—Podría ser interesante.

—Sólo le pongo una condición: que mencione que está a la venta.

Le prometí que, si escribía algo, así sería. Teresa le agradeció los mates y anunció que teníamos que volver. El hombre dijo que aprovecharía para «palear un poco».

Nos subimos a las motos y volvimos siguiendo nuestras propias huellas en el barro. Cuando llegamos a la camioneta, Teresa sacó del bolsillo el pequeño hueso y abrió la nota que venía atada a él.

—«*Esto sigue lejos de acá. A los pies del lagarto más pesado no hay sólo arena seca*» —leyó en voz alta.

—¿Eso es todo? —pregunté.

—Parece que sí —respondió Teresa, dando vuelta el papel para buscar alguna pista más.

—¿Cuál es el lagarto más pesado?

—Si se refiere a un dinosaurio, el *Patagotitan mayorum*.

—¿Ese no está en tu museo?

—Sí, los fósiles originales los tenemos en el MEF, en Trelew.

—«Esto sigue lejos de acá» —dije, leyendo la primera parte de la frase—. Trelew está a más de quinientos kilómetros. Deberíamos ir.

—Yo no me puedo ir. Tengo que avisar de esto a la policía. Van a querer que los lleve al avión y me van a volver a hacer preguntas. Además, no estamos seguros de que la nota se refiera a Trelew. Lejos puede ser quinientos kilómetros o diez, depende de a quién le preguntes.

No era el momento para llevarle la contraria, pero yo con cada nueva pista me convencía más y más de que quien estaba detrás de todo esto era de la zona. Y para un patagónico, diez kilómetros no es lejos.

Quinientos, sí. Por lo menos para algunos.

CAPÍTULO 39

—Con Rogelio tenemos una relación muy especial —me dijo Teresa mientras subíamos las motos a la caja de la camioneta—. Me enseñó muchísimas cosas del campo. Fue una suerte que no tuviera que irse lejos cuando mi viejo ya no le pudo pagar.
—¿Hace mucho de esto? —pregunté
—Diez años, más o menos. Cuando papá perdió toda esperanza de que esto se revierta.
—Toda, toda, no la perdió. Si no, no tendría tantos arbolitos en macetas.
—Regar los arbolitos le cuesta poco, pero a Ledesma había que pagarle.
Mientras Teresa hablaba, ajustaba con fuerza los zunchos para sujetar las motos.
—El problema era que Rogelio no se quería ir. Papá le había dicho ya varias veces que no podía seguir pagándole, pero el hombre respondía que no importaba, que le pagara lo poco que pudiera y el resto ya lo arreglarían más adelante. También rechazó el ofrecimiento de su hermano, que tiene una casa de materiales de la construcción en Sarmiento y le insistió para que se fuera a trabajar con él. Pero a Rogelio dice que se crio en el Colhué Huapi y en el Colhué Huapi se va a morir.
—Un poco como tu padre.
—Exactamente como mi padre. O peor, porque Rogelio no es dueño de ninguna tierra. Por suerte el peón que tenía Men-

dizábal se fue a trabajar a una petrolera. Entonces mi papá le pidió que empleara a Rogelio.

Supuse que no le habría costado convencerlo. Los estancieros saben que contratar a alguien que conozca bien la zona es invaluable.

—Además, en Valle Precioso, Rogelio lo único que hacía era arreglar lo que rompía la arena. En cambio, el campo de Mendizábal, que tiene la parte productiva al sur del nuestro, sigue en plena actividad. Ha tenido algo de merma estos últimos años, pero no es comparable a lo que les pasa a mis viejos y a todos los que están directamente al este del Colhué Huapi.

Teresa dio los últimos ajustes a los nudos de las motos, cerró la puerta trasera de la caja, y nos subimos a la camioneta.

—Mendizábal lo trata bien —dijo mientras daba una vuelta en U en el lecho del lago—. Es un buen jefe, aunque un poco particular. Casi obsesivo a veces. Quiere que todo esté perfecto. Si vieras cómo tiene ordenadas sus colecciones...

—¿Colecciones de qué?

—De todo lo coleccionable. Desde llaves viejas hasta puntas de flecha. Y, mal que me pese, fósiles.

Alcé las cejas.

—No, olvidate —se me adelantó Teresa—. Mendizábal colecciona ostras, troncos petrificados, algún diente de tiburón fosilizado. Pero no se metería con algo así.

—Entenderás que, como periodista que soy, te tengo que preguntar por qué estás tan segura.

—Es una larga historia. No tiene importancia.

Asentí.

—Bueno, en realidad tuvo importancia en su momento. Pero si te la cuento... No sé, me da vergüenza.

—No hace falta que me la cuentes, entonces. No quiero meterme en tu vida.

Teresa resopló, como si le hubiese insistido, y dio unos golpecitos en el volante.

—Bueno, te lo voy a decir, pero me tenés que prometer que me vas a escuchar hasta el final y vas a intentar entendernos. A él y a mí.

—¿Te hizo algo?

—¿Ves? Ya te estás adelantando.

—Perdón.

Me pasé el índice y el pulgar por los labios, como si cerrara una cremallera.

—Cuando yo era adolescente, Mendizábal me invitó una tarde a merendar a su casa. Me dijo que quería mostrarme algo. Tomamos unos mates con tortas fritas que había hecho él, y después me pidió que lo siguiera hasta una habitación.

No estaba seguro de querer saber cómo seguía la historia.

—Dentro tenía prácticamente un museo de fósiles. Dientes, vértebras, fragmentos de hueso, impresiones, de todo. Yo, que por esa época me pasaba todo el verano ayudando a Sara y a Juan en sus campañas, reaccioné muy mal. Le dije que eso era ilegal y que al llevarte un fósil estás destruyendo lo más importante, que es la información que viene con él.

—Veo que eras una adolescente con carácter —dije, sonriendo.

—Sí, y seguramente a él le pareció tan gracioso como a vos, porque se rio a carcajada limpia. Me dijo que en el campo había muchos más fósiles que paleontólogos. Le respondí que eso no le daba derecho a ir rompiendo material único que debía ser manejado por profesionales y me fui indignada de su casa.

Noté que Teresa sonreía al hablar.

—Me da nostalgia revivir ese momento —me explicó con la mirada fija en la estepa—. Admiro los ideales de esa chica joven.

—Tampoco es que ahora estés al final de tu vida.

—Eso nunca se sabe.

—Tenés razón. Volvamos a Mendizábal antes de que me deprima.

—Unos días más tarde, cuando papá se enteró de esto, me

dio un sermón tremendo. Me dijo que no podemos darnos el lujo de tener una mala relación con el único vecino en kilómetros a la redonda. Y me obligó a subirme al caballo e ir a pedirle perdón.

—¿Al caballo?

—En esa época yo todavía no sabía manejar muy bien. Además, en línea recta a caballo se tarda más o menos lo mismo que por los caminos, que dan más vuelta y, como ves, no están en las mejores condiciones.

Como si hubiese sido a propósito, una de las ruedas golpeó contra una mata de mogote, sacudiendo la camioneta.

—¿Te perdonó?

—Sí. Mendizábal es un pedazo de pan. Me dijo que él no pensaba dejar de buscar fósiles, porque le fascinaba. Pero que, si yo lograba que Sara o cualquier otro paleontólogo viniera una vez por año a decirle qué sacar y qué dejar para los expertos, él iba a respetar esa opinión.

—Parece un hombre razonable, ¿no?

—Sí. El tema es que no hay muchos paleontólogos que quieran prestarse a eso. Es ilegal y ponés en juego tu reputación. Además, hay toda una cuestión ética con las colecciones privadas.

—Supongo que los paleontólogos quieren todos los fósiles para ellos.

—En realidad lo que queremos es poderlos estudiar no sólo ahora sino también en el futuro. Cuando exponemos nuestras conclusiones en un artículo científico, nos basamos en lo que se sabe hasta el momento. Pero un nuevo hallazgo puede obligarnos a volver a un fósil anterior para reestudiarlo a la luz de la nueva información. Si está en un museo o en una universidad, es accesible para paleontólogos del futuro. Pero si lo tiene un coleccionista privado, no hay garantías.

—Habrá coleccionistas y coleccionistas, ¿no?

—Sí. A la mayoría le gusta colaborar con los científicos. El tema es que un fósil privado puede cambiar de manos y el nuevo dueño puede decidir no dejar que nadie lo estudie. Por eso muchos paleontólogos de países donde sí es legal la posesión de fósiles, como Estados Unidos, se niegan a estudiar piezas de colecciones privadas.

Teresa levantó una mano del volante para hacer un gesto, indicando que el tema era demasiado amplio.

—Por no hablar de que en las colecciones privadas a veces se hacen verdaderas herejías. Se ordenan por color, por tamaño... Cualquier cosa. Cuando alguien le lleva a un paleontólogo un hueso de dinosaurio, el valor es casi nulo. Sin contexto, sirven para poco más que aguantar una puerta, como la vértebra que tenía Horacio. Ni siquiera sabés si es un dinosaurio del Jurásico o del Cretácico.

—Supongo que serán muy distintos —dije a modo de broma.

—Y... entre el *Stegosaurus* y el *Tyrannosaurus rex* hay más millones de años que entre el *Tyrannosaurus rex* y vos.

Había algo en Teresa, pero también en Borrás, en Patt y en Lavalle, que me llamaba la atención. Hablaban de dinosaurios con la misma pasión que un niño. Vivían llenos de polvo, en entornos remotos, con sueldos y presupuestos bajos, y sin embargo parecían felices.

—¿Qué pasó con Mendizábal entonces?

—Convencí a Sara para que lo asesorara. Al principio no quiso, pero le advertí que el hombre iba a seguir, con o sin alguien que lo guiara. Digamos que eligió la opción menos mala. Después, cuando yo me hice paleontóloga, tomé la posta. El acuerdo es simple: un par de veces por año hacemos una recorrida juntos y él me enseña lo que encontró. Lo que yo le digo que no toque, no toca. Y lo que veo que es algo que ya se estudió mil veces y no aporta nueva información, él lo recoge. No es ideal ni legal, pero es la única forma de que no haga un desastre.

—¿Denunciarlo no es una alternativa?

—¿Qué haría la policía? ¿Mandar a un agente para que lo vigile veinticuatro horas a perpetuidad? Encima, imaginate qué relación pasaría a tener con mi padre. Además, hay un argumento que dan los coleccionistas de fósiles con el que yo estoy de acuerdo: lo que no saques de la tierra, se pierde para siempre.

—¿Por qué?

—Porque la erosión es un arma de doble filo. Por un lado descubre lo que hay enterrado, pero por otro lo destruye.

—¿Por eso Sara dejó a Bartolo cubierto con yeso hasta la campaña siguiente?

—Exacto.

Sin quitar la mirada del camino, Teresa negó con la cabeza como si quisiera sacudirse una idea molesta.

—Mendizábal lleva años respetando cada una de mis decisiones. Nunca tocó nada que yo le hubiese dicho que tenía importancia científica. Por eso no desconfío de él.

—Pero esto es diferente. ¿Conocés a alguien que valore más hacer lo correcto que varios millones de dólares?

—No lo sé.

—Yo creo que no existe.

—Es muy triste pensar así, ¿no te parece?

—Me parece, pero no puedo evitarlo.

CAPÍTULO 40

Después de un par de desvíos que Teresa tomó sin ningún tipo de dudas aunque no hubiera carteles, el camino desembocó en la casa de chapa que habíamos visitado dos días antes. Esta vez, delante del perímetro de tamariscos había una camioneta gris prácticamente nueva.

—Ahora sí, parece que vamos a poder hablar con Mendizábal —me dijo.

Antes de que nos bajáramos del vehículo, salió a recibirnos un hombre de más de setenta años con un físico envidiable para su edad. A pesar de la cara surcada de arrugas y el pelo ralo, su espalda se mantenía derecha y su apretón de manos, fuerte. Hablaba con una voz tan firme que podría haber sido locutor de radio.

—Por fin te encuentro, Valentín —lo saludó Teresa con un beso en la mejilla.

—Me contó Rogelio lo del cráneo. ¿Cómo puede ser? —preguntó el hombre.

—No nos lo explicamos.

Entramos a la casa, una construcción de chapa galvanizada hecha con la misma arquitectura inglesa que las estaciones de ferrocarril de la Patagonia. En el comedor, con las ventanas abiertas de par en par, el aire era agradable. Aquel día no había demasiado viento. Los adornos y los muebles estaban impecables y brillantes. Había un mundo de distancia entre aquella vivienda y la de los Estévez, apenas quince kilómetros más al norte.

Mendizábal preparó unos mates y se sentó del otro lado de la mesa de madera.

—Vos esa noche no estabas, ¿no? —le preguntó Teresa.

—No. Me fui a Comodoro.

—¿No viste nada raro antes de irte? ¿O en el trayecto?

El hombre se rascó la mejilla y miró a Teresa como un niño que está a punto de confesar una travesura.

—No.

—¿Hay algo que me quieras contar?

Mendizábal tragó saliva.

—Yo no tuve nada que ver, te lo juro.

—Valentín, me estás preocupando.

—Esto va a sonar muy raro —dijo—. Al menos una vez por semana voy a Sarmiento a comprar víveres. Ahí aprovecho para conectarme a internet, responder mensajes... bueno, lo mismo que hacen tus padres y todos los de la zona.

—Hasta ahora no me suena raro.

—Hace dos semanas recibí un email de un hombre que se presentó como el hijo de un estanciero de la zona de Los Altares. Me contaba que su padre había fallecido y que tenía una colección de fósiles de la que pensaba deshacerse. Si yo la quería, era mía por un precio más que razonable. Adjuntó una foto. La verdad es que la colección tenía muy buena pinta.

Teresa asintió, animándolo a que siguiera.

—Quedamos en vernos en Comodoro el miércoles 9 de febrero a las seis de la tarde.

—El día anterior a que robaran el dinosaurio.

—Exactamente.

—¿En qué parte de Comodoro?

—El lugar lo eligió él: la estación de servicio del infiernillo.

El infiernillo era un valle entre los dos grandes cerros que partían a la mitad a Comodoro Rivadavia. El lugar con más viento de la Ciudad del Viento, donde las ráfagas habían llegado a tumbar vehículos.

—¿Fuiste?

—Sí, claro —Mendizábal hizo un inciso para dirigirse a mí—. Es difícil entender lo que un hombre es capaz de hacer por una pasión si esa pasión no se comparte.

—¿No le dio miedo que pudiera ser un loco? —aproveché para preguntar.

—Me citó en una estación de servicio en la que siempre hay gente. Un lugar público. ¿Qué era lo peor que me podía pasar?

—¿Qué te dijo cuando te encontraste con él?

—No se presentó. Cuando llevaba quince minutos de retraso, la chica que atiende la cafetería me dijo que alguien acababa de llamar por teléfono y había dejado un mensaje para mí.

Mendizábal puso sobre el hule de la mesa un pequeño papel cuadrado con membrete de la estación de servicio. Teresa lo leyó en voz alta.

—«No llego esta noche. Le pido disculpas. Nos encontramos mañana a las ocho de la mañana en el mismo lugar. Le dejé reservada a su nombre una habitación en el Hotel Leucaena para que pase la noche».

—¿Dormiste en esa habitación? —preguntó Teresa.

—¡Por supuesto! ¿Qué otra oportunidad iba a tener de hospedarme en uno de los hoteles más caros de una de las ciudades más caras del país?

—¿No te pareció sospechoso que esta persona se comunicara con papelitos en vez de darte un número de teléfono?

—Sí y no. Los que vivimos en el campo no estamos acostumbrados a las comunicaciones constantes. Nuestro día a día es sin internet ni teléfono. Tenemos, y los usamos cuando vamos a la ciudad, pero no pensamos en ellos todo el tiempo, como el resto de las personas.

Asentí. Me constaba, gracias a mis veranos en Las Maras, que el campo en la Patagonia era, literalmente, una desconexión. En pleno siglo XXI, los pobladores rurales de la región seguían dependiendo de escuchar la radio AM a determinadas horas del día para saber si había fallecido un pariente en el pueblo o si los esquiladores llegarían con retraso.

—Así que, sí, pasé la noche en el hotel. Por supuesto, le pregunté a la recepcionista quién había hecho la reserva, pero me contestó que estaba a mi nombre y la habían pagado en efectivo.

—Pensaba que te pedían el DNI para algo así.

—Yo también, pero el DNI te lo piden para darte las llaves, no para hacer la reserva. El hotel está obligado a saber quién se hospeda con ellos, no quién paga.

—¿Qué pasó al día siguiente?

—Lo mismo que la noche anterior. Nada. Esperé en el lobby, pero el tipo no se presentó.

—¿Se volvió a contactar con usted desde entonces? —pregunté.

—No. Le escribí varios correos pero no recibí respuesta.

—¿Se lo contaste a la policía?

—Por supuesto. Hasta les pasé los emails y la foto de la colección.

—¿Tenés esa foto a mano?

El hombre se puso de pie y dio unos pasos hasta una mesita junto a la puerta. Agarró un teléfono, que estaba junto a unas llaves y una billetera, y presionó el botón del costado durante unos segundos.

—Tenemos que esperar a que arranque. Cuando llego de Sarmiento lo apago. Total, acá no sirve más que de linterna.

Dos minutos más tarde, Mendizábal nos mostraba la pantalla.

—Con razón el tipo no apareció —dijo Teresa—. Esta vitrina está en una de las salas del Museo Bernardino Rivadavia en Buenos Aires. Es una foto bajada de internet.

—¿Quería estafarme?

—¿Te llegó a pedir dinero en algún momento?

—No.

—Entonces probablemente buscaba otra cosa.

—¿Qué cosa?

—Sacarte del medio, por ejemplo.

CAPÍTULO 41

—Un poco inverosímil la historia de Mendizábal, ¿no? —le pregunté a Teresa en cuanto emprendimos el viaje de regreso al campamento.

—Es algo rocambolesca, pero fácil de comprobar. Las estaciones de servicio y los hoteles tienen cámaras de seguridad. A la policía le va a costar muy poco saber si dice la verdad.

—No digo que no haya estado en esos lugares. Pero la historia del email, la colección de fósiles heredada y todo eso... No sé, me parece rarísima.

—A mí también, pero la encuentro demasiado rebuscada como para ser mentira. Si quería una coartada fácil, se podría haber inventado que fue a Comodoro a comprar y se quedó a pasar la noche porque tenía que hacer algún trámite al día siguiente. Ir al banco, por ejemplo.

—Yo lo veo al revés —dije—. Si su coartada fuera sencillamente que se fue a comprar, quizás la policía se plantearía si no es demasiada casualidad. ¿Justo ese día el tipo se queda a pasar la noche? En cambio, si se inventa una historia misteriosa como esta, la policía podría concluir, igual que vos, que es demasiado enrevesada. Lo poco plausible es justamente lo que la hace creíble.

—¿Y no puede ser que mi vecino, al que conozco desde que nací, diga la verdad? A lo mejor todo esto lo hicieron para sacarlo de su casa el día que iban a robar el dinosaurio.

—Pero se quedó el puestero —refuté—. Si Mendizábal dice la verdad y todo fue una maniobra de distracción, lo habrían sacado a él también, ¿no?

—No lo sé.

—Además, Ledesma dice que no escuchó nada durante la noche. Que si un vehículo hubiera pasado cerca de la casa, los perros habrían ladrado. En eso no miente, porque sabemos por las huellas que los ladrones accedieron desde el asfalto usando el camino junto al alambrado, a kilómetros de la casa.

Teresa me miró con ojos tristes.

—Tiene que tener una explicación. Si vos conocieras a Mendizábal o a Ledesma como los conozco yo, también te negarías a creer que puedan estar metidos en algo así.

—Sólo digo que no podemos descartarlo.

—No, pero tampoco podemos descartar que todo esto tenga otra explicación que ni siquiera nos imaginamos.

Ojalá, pensé. Ojalá en el entorno de Teresa hubiera tanta bondad como ella creía. Ojalá hubiera detrás de todo esto una mano negra, lejana y desconocida, a la que echarle la culpa.

CAPÍTULO 42

Los Ángeles, California, diciembre de 2019.

Después de tres días fuera de casa, Joseph Herrero se baja del Bentley que lo fue a buscar al aeropuerto.

—¿Ha ido bien el viaje, señor Herrero? —pregunta Juanita.

—Excelente. ¿Todo bien por aquí?

—Sí. Ya han montado el dinosaurio en la sala.

—¿Qué dinosaurio?

Juanita sonríe como una madre ante un hijo que disimula mal.

—Señor Herrero, por mí no tiene de qué preocuparse. Leí en internet que el ganador de la subasta no quiso dar a conocer su nombre. De mi boca no va a salir que es usted.

—¿De qué estás hablando? —pregunta Herrero, pero no se queda a esperar respuesta. Camina hacia la sala y, efectivamente, allí está Stan, el *Tyrannosaurus rex* que perdió en la subasta.

De uno de los colmillos cuelga una bolsa de terciopelo granate. Dentro, Herrero encuentra un recorte enmarcado del New York Times donde se anuncia la venta del fósil. En el reverso del marco hay una nota escrita a mano.

Es una réplica exacta de Stan. Para que te des una idea de lo que se siente tenerlo en casa. No te preocupes, que sólo tus visitas más entendidas sabrán que no se trata del original. Y recuerda siempre que no tienes por qué avergonzarte de ser segundo. Brinda por mí. ¡Salud!

En la bolsa todavía hay peso. Herrero imagina que el maldito Lofthouse habrá redondeado la broma con una botella mini de champán. Pero no. Dentro hay una lata de Pepsi.

—*Son of a bitch* —grita, y estrella la lata contra el dinosaurio.

Se gira buscando algo que le sirva para descargar la rabia. Su mirada se detiene en la colección de objetos de Hollywood que guarda en una vitrina. ¿El Winchester 1866 que usó Clint Eastwood en *The good, the bad and the ugly*? No, mejor un bate de béisbol firmado por Brad Pitt el día del estreno de *Moneyball*.

Saca el bate de la vitrina, lo arrastra por el suelo en dirección a la réplica y la destroza.

CAPÍTULO 43

Me desperté con Teresa subida a mí a horcajadas. La postura era muy similar a la de seis noches atrás, cuando yo acababa de llegar al campamento y Bartolo seguía descansando en la piedra sin peligros a la vista. Sin embargo, ahora sus movimientos eran completamente diferentes. Me sacudía por los hombros repitiéndome que me levantara.

—¿Qué pasó? —pregunté, con los ojos todavía entrecerrados.

—Las Elis. No están por ningún lado.

—Habrán ido a Sarmiento a comprar.

—No. No está la carpa ni el panel solar ni ninguna de sus cosas. Dale, levantate.

Volvió a salir y oí a través de la lona que le explicaba lo mismo a Harry Patt.

—Pero anoche estaban aquí —dijo el estadounidense—. Me saludaron justo antes de irse a dormir.

Cuando salí a la luz del día, encontré a todos reunidos junto al viejo puesto.

—¿Por qué irse en medio de la noche sin avisarle a nadie? —preguntó Lavalle.

El último en unirse al grupo fue Jacinto, el empleado de la petrolera. Traía un papel en la mano.

—Acabo de encontrar esto adentro de una de mis botas. Todas las noches las dejo afuera para que se ventilen.

Jacinto desplegó el papel y lo leyó en voz alta.

Jaci,
Nos volvemos a Trelew. Quién sabe cuánto tiempo pasará hasta que se reanude la excavación. Nos vamos con la primera luz porque el viaje es largo y, sobre todo, porque no nos gustan las despedidas. Nos vemos en Trelew cuando quieras. Saludá a todos por nosotros.
Las Elis, como cariñosamente nos bautizaron por acá.

—No entiendo nada —dijo Jacinto al terminar de leer.
—Yo tampoco —añadió Lavalle—. ¿Por qué te dejaron la nota con la explicación a vos?
—Yo qué sé.
—Es raro, ¿no? La líder de la excavación es Teresa. El que las trajo hasta acá fui yo. A vos te conocieron hace menos de quince días.
Jacinto se encogió de hombros.
—A lo mejor porque somos del mismo gremio. Los tres nos dedicamos al audiovisual, y por eso tenemos más cosas en común que con el resto.
Tenía sentido. Durante los últimos años me habían invitado a la ceremonia de entrega del premio literario que organizaba *El Popular* desde hacía casi un siglo, y yo siempre terminaba haciendo más migas con otros periodistas que con los novelistas.
Así y todo, era demasiado extraño que las Elis se fueran sin despedirse del resto.

CAPÍTULO 44

Una cosa era imaginar un dinosaurio de cuarenta metros de largo y cincuenta y cinco toneladas de peso, y otra muy diferente era estar parado debajo de él, escoltado por cuatro patas tan gruesas como los pilares de un templo romano y con tu cabeza rozando su panza rugosa. La réplica en tamaño real del *Patagotitan mayorum* junto a la Ruta 3, en la entrada norte de la ciudad de Trelew, me hizo entender por primera vez la magnitud del dinosaurio más grande del planeta encontrado hasta la fecha. Un herbívoro de tal importancia que, mientras el personal del MEF lo excavaba, la BBC había enviado a David Attenborough a filmar un documental. Las Elis podían ser muy buenas y Bestflix, muy famoso, pero la historia del *Patagotitan* la había narrado una leyenda.

La desaparición de las Elis fue el catalizador de mi viaje a Trelew. Que ambas vivieran en esa ciudad sumado a que la pista que habíamos encontrado en el avión probablemente se refería al *Patagotitan*, hizo que le insistiera a Teresa para que alguien recorriera los quinientos kilómetros hasta la ciudad a orillas del río Chubut. Y ese alguien fui yo.

Dos días después de que las Elis se fuesen sin despedirse, Teresa me había acompañado hasta Cerro Dragón para llamar desde allí a su colega Paulo Porta, según ella uno de los técnicos en paleontología más habilidosos del país. Teresa le pidió que me mostrara la exposición del museo y también la trastienda, prometiéndole a cambio que yo escribiría un extenso artículo para *El Popular*.

Porta, igual que el resto de colegas de Teresa, sabía del

robo del bochón pero desconocía los detalles. Mientras viajábamos a Cerro Dragón, Teresa me sugirió que le contáramos sobre las pistas y las falanges, aclarándome que se trataba de una persona de confianza que ella conocía desde hacía muchos años. Pero yo le insistí en que mientras menos información reveláramos, mejor. Para hablar siempre había tiempo. Además, y al decir esto me sentí sucio, no debíamos olvidar que la policía nos había dado instrucciones claras de no compartir detalles con nadie.

Quité por un segundo la vista del *Patagotitan* para mirar el teléfono. Todavía faltaba una hora para mi encuentro con Paulo en el MEF. Aproveché que no había nadie sacándose fotos con la enorme estatua para centrarme en uno de los pies mientras repetía mentalmente la frase que habíamos encontrado en el avión.

«*Esto sigue lejos de acá. A los pies del lagarto más pesado no hay sólo arena seca*».

De la piel de tonos pardos y anaranjados salían garras que recordaban a una pata de elefante. Cada una de las cuatro extremidades estaba sujeta con grandes tuercas a una plataforma de hormigón lo suficientemente gruesa como para plantarle encima una casa de dos pisos. Según me había dicho Teresa, la réplica había sido fabricada en Alemania de un polímero capaz de resistir ráfagas de viento de ciento ochenta kilómetros por hora.

Caminé alrededor de ese lagarto pesado mirando cada una de las patas, pero sólo encontré un tetrabrik descolorido por el sol que alguna vez había contenido jugo de naranja. Tardé poco en convencerme de que, si la siguiente pista estaba en Trelew, no iba a encontrarla a los pies de esa réplica majestuosa.

Me subí a la camioneta que me había prestado Teresa. Antes de poner rumbo al centro de la ciudad, donde estaban los huesos originales del *Patagotitan*, hice una llamada por teléfono en la que tuve que impostar un acento porteño de jugador de rugby educado en colegio privado.

Queda mal que lo diga yo, pero me salió perfecto.

CAPÍTULO 45

La del MEF, más que una puerta era un portal. Al atravesarla, dejabas atrás el ruido de la ciudad, los problemas cotidianos y la noción de si afuera era de día o de noche para meterte en un mundo dedicado a los fósiles.

Me anuncié ante una recepcionista que, después de hacer una llamada por teléfono, me hizo señas de que pasara.

—Paulo baja en unos minutos. Dice que mientras tanto podés ir visitando la exposición —me indicó, señalando el comienzo del recorrido.

Como todo museo que se precie, el MEF dejaba el plato fuerte para el final. Después de pasar por dos salas con fósiles marinos y otros animales del Triásico y el Jurásico, el recorrido me llevó a la sala más grande de todas, centrada en el Cretácico: la era dorada de los dinosaurios.

Estaba diseñada para que, al entrar, la mirada se te fuera al esqueleto de un animal de más de cuatro metros de altura que mostraba una hilera de dientes planos y afilados que me recordaron a los de Bartolo. No era el *Patagotitan*, pero definitivamente se trataba de un lagarto pesado. Al acercarme, leí en un pequeño cartelito que se trataba del *Giganotosaurus carolinii*, el carnívoro más grande encontrado hasta la fecha.

Sus pies se apoyaban sobre un lecho de arena limpia que escruté en detalle. No me extrañaría haber sido el primer visitante que pasaba más tiempo mirando las patas del *Giganotosaurus* que su feroz mandíbula.

No había que ser un experto para entender que este carnívoro había sido un «lagarto pesado», tal y como decía la pista del avión. Sin embargo, si a sus pies había algo fuera de lo normal, yo no sabía verlo.

Di una mirada al resto de la sala y mis esperanzas se renovaron. Contra una pared, a espaldas del *Giganotosaurus*, una pata se erigía como una torre hasta la cabeza del húmero, que casi llegaba al techo.

—Es la pata delantera del *Patagotitan mayorum*. Increíble un animal tan grande, ¿no?

Al darme vuelta, me encontré con un hombre de un aspecto inusualmente jovial para su pelo y barbas canas. Quizás era el timbre de voz afinado, la sonrisa, o la camisa de tela de *jean* desgastada. Teresa me había dicho que Paulo Porta llevaba cuarenta años buscando dinosaurios, pero si cruzaba ese dato con su apariencia, el hombre que ahora me saludaba con un apretón de manos había empezado antes de dejar el chupete.

—¿Los huesos de esta pata son originales o réplicas? —pregunté cuando terminamos con las presentaciones.

—Originales. Este bicho tiene cien millones de años.

Había algo en la forma de hablar de Paulo que me hacía sentir cómodo. No parecía proclive a usar palabras demasiado científicas. Según tenía entendido, era uno de los técnicos con más campañas a sus espaldas de todo el país y me hablaba sin decir saurópodo, o siquiera dinosaurio, sino bicho, igual que lo había hecho Borrás. Mientras más personas conocía, más me convencía de que los grandes de verdad siempre hablan con sencillez porque no necesitan esconder su inseguridad detrás de palabras difíciles.

—¿Es todo lo que se encontró?

—No, en la excavación aparecieron seis individuos. Entre todos tenemos representado el esqueleto casi completo. Sólo nos falta el cráneo y poco más.

Observé la pata con detenimiento. Sin duda había pertenecido a un lagarto pesado —quizás el más pesado que caminó nunca sobre la faz de la tierra—, pero a sus pies sólo había un brillante suelo de hormigón pulido.

—¿Por qué hay sólo una pata expuesta?

—Porque cada vez se montan menos huesos originales en los museos. Las réplicas pesan mucho menos, son más fáciles de manipular y, si se rompen, se pueden volver a hacer. Igual, en este caso, el *Patagotitan* es tan grande que tendríamos que sacar a todos los demás dinosaurios para que cupiera una réplica.

Mientras hablaba, señalaba las decenas de esqueletos dispuestos en la sala. Luego se acercó a otras dos bestias que habrían sido las estrellas de no ser por la presencia del *Giganotosaurus* y de la pata de *Patagotitan*.

—El *Carnotaurus* es el primer dinosaurio carnívoro con cuernos que se conoce.

—No sabía que era argentino.

—Poca gente lo sabe. Se hizo famoso cuando Disney lo metió en una película. Y casi todos los dinosaurios de las películas son del hemisferio norte: *T-rex, Velociraptor, Triceratops, Brontosaurus*.

El *Carnotaurus* estaba montado con la cabeza baja, como queriendo morder a otro dinosaurio más grande que él, que se erigía en las dos patas traseras como un caballo desbocado.

—El otro es un herbívoro, ¿no?

—Sí, el *Epachthosaurus*. Este apareció no muy lejos del Colhué Huapi.

Aquello despertó mi interés. Miré los pies del animal, pero sólo encontré piedras y arena que los encargados de la exhibición habían desparramado para darle más realismo.

—Esta réplica está hecha de un esqueleto que se encontró en 1986. Hasta hoy es uno de los titanosaurios más completos del mundo. Antes de este, de *Epachthosaurus* sólo se conocían dos vértebras. El paleontólogo que las estudió dedujo que se trataba de un animal muy robusto, por eso le puso ese nombre, que significa «lagarto pesado».

Si en ese momento yo hubiera tenido algo en la mano, se me habría caído. El dinosaurio frente a mí, el menos pretencioso de toda la exposición, no sólo había aparecido cerca del Colhué Huapi sino que su nombre significaba, literalmente, lo que decía la nota que encontramos en el avión desenterrado.

A los pies del lagarto más pesado...

Paulo continuó contándome anécdotas del descubrimiento del *Epachthosaurus*, pero a mí lo único que me importaba era mirarle los pies con más detenimiento.

Disimulando, alterné gestos haciendo ver que le prestaba atención con ojeadas al lecho de roca y arena sobre el que estaba montado el esqueleto.

Finalmente, desde la baranda que me impedía acercarme, distinguí un objeto pequeño que habría confundido con una piedra de no ser porque estaba atado con un fino hilo blanco apenas perceptible.

—Vení, seguime que te muestro el laboratorio. Seguro que te va a interesar —me dijo Paulo, ignorando que no había un solo hueso en todo ese museo que fuera a interesarme más que esa falange mínima que de prehistórica no tenía nada.

CAPÍTULO 46

El laboratorio de preparación de fósiles del MEF sonaba como un enjambre de abejas. En cada una de las cinco mesas distribuidas por la sala —del tamaño de una cancha de básquet—, un técnico con anteojos de seguridad y mascarilla para el polvo trabajaba sobre un fósil empuñando un aparato similar al torno de un dentista.

—Son pequeños martillos neumáticos para remover del fósil la roca sedimentaria que lo protegió durante millones de años.

Una fina capa de polvo cubría las mesas, las sillas, el suelo y el pelo de las personas. Así y todo, comparada con la casa de los Estévez, la sala estaba más limpia que un quirófano.

Estanterías que iban del suelo al techo ostentaban vértebras, cráneos y otros huesos petrificados de color marfil, rojo, gris, marrón, amarillo o negro. Había también cajas de madera, de plástico y de poliuretano expandido.

—Son estuches a medida. Adentro de cada uno hay un fósil. En conjunto, son la colección del MEF.

Paulo Porta atravesó el laboratorio y salimos a una sala aún más polvorienta. A diferencia de la anterior, en esta no había gente ni calefacción.

—Acá tenemos mucho más.

Se puso en cuclillas junto a un fémur apoyado en el suelo que, de estar erguido, hubiera sido más alto que yo y el doble de grueso.

—Este es uno de los fémures de *Patagotitan mayorum* que

desenterramos. Dos metros cuarenta.

—Increíble. ¿Te acostumbrás a algo así? ¿Podés pasar al lado de este hueso sin prestarle atención?

—A veces sí. Cuesta creer que hasta a las cosas más extraordinarias terminamos acostumbrándonos, ¿no?

Asentí, pensando en mi ansiedad, en un trabajo como periodista que jamás habría soñado, en que Teresa se hubiera fijado en mí.

Paulo me mostró fósiles y bochones todavía sin preparar. De cada uno tenía una historia. El *Carnotaurus sastrei* estaba rodeado de reyertas y apuñalamientos. El *Patagotitan mayorum*, como ya me había dicho Teresa, lo habían encontrado gracias al dato de un verdulero.

Llegamos a una puerta doble con ventanas redondas en cada una de las hojas. Paulo apoyó la mano en el picaporte y se giró para hablarme.

—Cuando le digo a la gente que busco fósiles, se imaginan a Indiana Jones. Pero yo creo que tenemos más que ver con MacGyver —dijo y abrió con un gesto casi teatral.

Entramos a una sala en la que se apilaban de manera ordenada infinidad de soportes, carros con ruedas, aparejos, poleas, cadenas y trineos. Estaban hechos con hierros de construcción, chapas oxidadas y maderas ásperas manchadas con yeso.

—Esta es una pequeña selección de los aparatos que tenemos que inventar cada vez que nos llevamos del campo un bochón grande. Los guardo para exhibirlos el día que amplíen el museo.

—Ahora entiendo lo de MacGyver.

—Cada bochón es único porque tiene un peso y una forma determinada. Y, sobre todo, por dónde está. Normalmente los fósiles afloran en terreno irregular, porque para que una roca del mesozoico salga a la superficie, tiene que haber mucha erosión. Es como una torta de cumpleaños: para ver el dulce de leche que tiene dentro, hay que cortarla. Son pocas las veces que aparecen dinosaurios cerca de un camino, en una superficie plana, como el que les robaron a ustedes.

Aunque seguramente no la había pronunciado con mala intención, la última frase se me clavó como una espina. A mí, que yo supiera, no me habían robado nada. Incluyéndome, Paulo de alguna manera me cargaba con parte de la responsabilidad.

—Si Bartolo hubiera estado en el lugar típico en el que suelen aparecer los dinosaurios, no lo habrían podido sacar directamente de la excavación. ¿Sabés lo difícil que es subir un bochón de casi una tonelada por una pendiente de roca escarpada?

—Me imagino.

—No hay rompecabezas más interesante que esto —dijo, señalando alrededor.

Los ojos le brillaban con la ilusión de un niño. En ese momento, envidié el amor que le tenía a su profesión. La mayoría, incluyéndome, éramos incapaces de mantener esa sonrisa en la cara mientras hablábamos de trabajo.

—¿Cuántas personas creés que hicieron falta para llevarse el cráneo de Bartolo?

—Como mínimo, dos. Una controlando el aparejo mientras la otra ponía la camioneta en posición.

—¿Dos, nada más?

—En teoría sí. Como te digo, ese dinosaurio es una excepción, porque está en terreno muy accesible.

—¿Creés que sí o sí tiene que haber sido gente relacionada con el mundo de la paleontología?

—Y... no lo sé. Si fuera cualquier otro dinosaurio, te diría que sí. Pero este, entre el tamaño y la desaparición de Sara, era famoso. Cualquiera que sepa usar un aparejo y se la quiera jugar, se lo pudo haber llevado. Encima tenés la industria petrolera muy cerca. Sobran vehículos y gente acostumbrada a andar por el campo.

Paulo miró el reloj y se disculpó porque tenía que irse a una reunión. Me propuso volver conmigo cuando terminara, pero le respondí que ya me había ayudado mucho y que no quería abusar de su tiempo. Nada me importaba más en ese momento que quedarme solo y volver al *Epachthosaurus*.

Nos despedimos en el hall principal. Él enfiló para una puerta con un cartel de no pasar y yo me dispuse a volver a la exposición principal.

—Ah, una cosa —me dijo, girándose hacia mí—. ¿Vos vas a ver a Alfredo Borrás?

—Sí, cuando vuelva al campamento.

—Decile que ya tenemos listo y embalado lo que nos encargó.

—¿Así, con esas palabras?

—Sí. Son unas réplicas de *Giganotosaurus* que va a vender a Estados Unidos. Desde que apareció Bartolo, le entró el apuro por sacarle el jugo a su dinosaurio.

—¿Sacarle el jugo?

—En los museos siempre queremos decir que tenemos el más grande. Y en cuanto Teresa publique los datos de Bartolo, el *Giganoto* dejará de serlo. Imaginate el impacto que va a tener eso para el museo de Borrás. El grueso de la financiación viene de la venta de réplicas. Si teniendo el carnívoro más grande del mundo apenas se mantienen a flote, en cuanto pasen a tener el segundo, alpiste perdiste. Si yo fuera él, también estaría intentando vender *Giganotos* a toda máquina.

CAPÍTULO 47

Tras despedirme de Paulo, volví a la sala principal. Una pareja hablaba sin mirarse, de espaldas el uno al otro. El hombre elogiaba los dientes del *Giganotosaurus* mientras la mujer se asombraba del tamaño de la pata del *Patagotitan*.

Esperé, fingiendo observar el *Carnotaurus* mientras en realidad miraba de reojo los pies del *Epachthosaurus*. Allí seguía, perfectamente camuflada, la siguiente pista de una carrera de acertijos que yo no tenía muy claro adónde nos llevaría.

Los carteles con la frase «no pasar» eran discretos. Después de todo, bastaba un mínimo de sentido común para saber que no estaba permitido saltar la baranda de acero inoxidable y caminar entre las réplicas de los dinosaurios expuestos.

La pareja abandonó la sala al cabo de media hora. Si entraba un nuevo visitante, corría el riesgo de que llegara la hora de cierre sin volver a quedarme solo.

Tenía que actuar rápido. Meterme, recoger el huesito y salir lo antes posible. Con suerte, en ese momento la chica de la entrada no estaría atenta a los monitores de las cámaras de seguridad. Teresa me había dado el dato clave de que el viejo circuito cerrado transmitía pero no grababa.

Miré hacia ambos lados y puse las manos sobre la barra de acero inoxidable, dispuesto a saltarla.

—Mirá, ma. ¡El *Giganotosaurus*!

Un niño acababa de entrar a la sala y corría hacia el dinosaurio estrella, a escasos tres metros de mí. Llevaba en la mano un pterodáctilo de plástico con las alas extendidas.

Detrás le siguió un grupo de nueve adultos que pronto rodearon el esqueleto.

Pensé en continuar con mi plan. Saltar la baranda, recoger la falange y salir de ahí. Pero no podía descartar la posibilidad de que alguno de los visitantes se hiciera el héroe e intentara detenerme. Necesitaba una nueva estrategia.

Saqué de mi mochila la libreta y un bolígrafo dorado que me habían regalado mis padres cuando publiqué mi primer y único libro. Disimuladamente, lo tiré a los pies del *Epachthosaurus*. Cayó a cuarenta centímetros del huesito con el hilo blanco.

Salí de la exposición y me dirigí a la chica que vendía las entradas.

—Me vas a matar —le dije—. Se me cayó una lapicera a los pies del *Epachthosaurus*. Hice un movimiento brusco sin querer y salió volando.

—Vamos a ver —dijo la chica, con una sonrisa, como si no fuera la primera vez que se enfrentaba a algo así.

Volvimos a la sala principal. El niño con el pterodáctilo de plástico señalaba los pies del *Epachthosaurus*.

—Ese señor le tiró una lapicera al dinosaurio.

Reí y le froté la cabeza con la mano.

—Se me cayó. ¿Cómo se la voy a tirar, pobre dino?

Sin darle tiempo a la empleada del museo a reaccionar, salté la baranda.

—¡Señor! ¿Qué hace?

Pero antes de que la chica pudiera decir nada más, yo ya había recogido mi bolígrafo y estaba de nuevo del otro lado de la baranda.

—¿Cómo va a cruzar así? Esto es un museo.

El grupo de adultos que acompañaba al nene la secundó con una ola de murmullos reprobatorios.

—Perdón. Era para que no te ensuciaras el uniforme —le dije, señalando el traje negro en el que iba enfundada.

Sin dejarla hablar, le di las gracias y me fui levantando la lapicera en alto.

Apenas salí del museo, saqué del bolsillo el pequeño hueso y desenrollé el papel atado a él.

«¿No le falta algo al dinosaurio que vivió donde la gravedad es menor?»

Releí la frase varias veces. Los únicos lugares donde la gravedad era menor eran cuerpos celestes más pequeños que la Tierra. La Luna, por ejemplo. O Marte.

Me negué a pensar que la nota se refería a dinosaurios extraterrestres. Hasta ahora, cada una de las pistas había tenido una interpretación lógica y estaba seguro de que esta también. Aunque, en ese momento, su significado se me escapara por completo.

CAPÍTULO 48

A doscientos metros del MEF, igual que un fósil, el hotel Touring Club estaba detenido en el tiempo. La imagen con la que me encontré al atravesar el umbral no debió de ser muy diferente a la que recibió a los forajidos Butch Cassidy y Sundance Kid ciento veinte años atrás, cuando vivieron en él tras huir de Estados Unidos. O lo que vio, veintisiete años más tarde, Antoine de Saint-Exupéry, cuando se hospedaba allí mientras trabajaba como piloto para la Aeroposta Argentina.

Hasta el hombre detrás de la barra tenía un aire atemporal, con ese traje de dos piezas, blanco arriba y negro abajo. Los cientos de fotos antiguas que decoraban las paredes estaban poblados de predecesores suyos, vestidos igual.

Encontré a las Elis sentadas a una mesa en un rincón, por suerte alejadas del resto de los parroquianos. Llegué, a propósito, quince minutos tarde. Quería que ellas ya estuvieran allí cuando yo entrara. Si hubiera sido al revés, habrían podido dar media vuelta e irse antes de escucharme.

Esa mañana, desde la réplica del *Patagotitan*, había llamado por teléfono a Elizabeth fingiendo ser el dueño de una productora. Le dije que estaba de paso por la ciudad y que me gustaría discutir el proyecto de un documental sobre la vida de Saint-Exupéry en la Patagonia. Para mi sorpresa, me citó esa misma tarde en el café del Hotel Touring.

—Nahuel, ¿qué hacés acá? —me preguntó cuando me acerqué a la mesa.

Ya no vestía como Indiana Jones. Ahora tenía un traje

ceñido al cuerpo de color gris oscuro y una camisa blanca con un botón abierto que dejaba ver un colgante de plata en forma de letra E.

—Perdón por la mentira —dije juntando ambas manos—. Necesitaba hablar con ustedes.

Eliana se puso de pie y negó con la cabeza. La melena de la parte que no tenía rapada se agitó en el aire.

—Nos vamos, Elizabeth —le dijo a su compañera.

—No, esperen, por favor. Tengo algo muy importante para decirles.

—Flaco, ¿quién te creés que sos? ¿Te parece normal inventarte lo del documental de Saint-Exupéry?

—Si les hubiera dicho la verdad, ¿habrían venido?

Las Elis se miraron. Elizabeth levantó apenas la mano de la mesa para pedirle a su compañera que la dejara hablar.

—¿Qué querés, Nahuel?

—Saber por qué se fueron.

—Porque ya no había nada que hacer ahí. Con el robo del dinosaurio, se acabó el documental.

Sonreí con los labios apretados y asentí, como diciéndole «sí, claro, te creo».

—Elizabeth, Eliana, yo también me gano la vida contando historias. Los tres sabemos que el robo hace más jugoso todo. Un documental sobre la excavación del dinosaurio carnívoro más grande del mundo puede ser interesante, pero uno en el que en medio de la noche se roban el cráneo y dejan como pista el hueso de una paleontóloga desaparecida y una nota críptica podría ser material de Óscar.

La mesa quedó sumida en un silencio punteado por el tintineo de cucharitas y el gorgoteo de la vieja máquina de café.

—¿Qué saben del robo de ese cráneo?

—¿Nosotras? Nada —dijeron casi al unísono.

—¿Por qué se fueron entonces?

—Por el mismo motivo que nos vamos a ir ahora —dijo Elizabeth.

Eliana, sin embargo, no parecía tan decidida a levantarse.

Se mordía el labio mientras me miraba como intentando decidir qué contarme y qué no. De tanto en tanto bajaba la vista y con la uña de un pulgar se raspaba la del otro, como si quitara restos de un esmalte invisible.

—Es largo de explicar —dijo.

—Eliana, vámonos ya —le insistió su compañera.

—No importa si es largo. Tengo tiempo —la animé.

—Hicimos algo que no deberíamos haber hecho.

—¿A qué te referís?

—¡Basta! —dijo Elizabeth, incorporándose de la silla—. Y vos, dejá de presionar. Nos estás poniendo en peligro, ¿no te das cuenta?

—No, no me doy cuenta. ¿Qué peligro?

—Tenés razón —me concedió Eliana—. La desaparición del cráneo hacía más jugoso el documental. Y quisimos aprovechar ese ángulo. Mostrar el perfil de cada una de las personas que estuvo cerca de Bartolo para que los espectadores hicieran conjeturas sobre quién lo había robado.

—Eliana… —intentó nuevamente su compañera.

—Tenemos que contarle la verdad. Ahora ya estamos a salvo. Los que siguen allá están dando vueltas como pollos sin cabeza y nosotras, que sabemos lo que realmente sucedió, no nos lo podemos guardar.

Elizabeth soltó un soplido, resignada a que su socia hablaría.

Y su socia habló.

—Esto que te voy a contar pasó tres noches después de que robaran el dinosaurio.

CAPÍTULO 49

Aunque no vaya a reconocerlo, Eliana tiene miedo. Cuando decidió que estudiaría dirección de cine, no sospechaba que iba a terminar en un lugar así. Polvoriento. Aislado. Peligroso.

Pero cuando se le pone algo entre ceja y ceja, ya no hay vuelta atrás. El miedo la hace estar alerta, pero no la paraliza. Está decidida a seguir hasta las últimas consecuencias. El robo del cráneo del dinosaurio es el golpe de suerte que cualquier documentalista habría querido. Y si además de registrarlo, lo ayudan a resolver... No quiere ni imaginarse lo que podría significar eso para sus carreras.

Eliana piensa, aunque no quiera, en sus padres. Cuando dejó derecho para estudiar cine, le soltaron la mano. La dejaron de apoyar económicamente y, siempre que pueden, le recuerdan que morirá pobre.

Es posible que tengan razón. Quizás muera pobre. Pero habrá sido feliz.

Una voz dentro de su cabeza le dice que debe demostrarles que se equivocan. Que su hija no cometió un error por haber elegido lo que eligió. Le molesta esa voz, porque sabe que la vida es demasiado corta para justificarse ante nadie. Pero más le molesta creer que si resuelve la desaparición, sus padres la mirarán con orgullo por primera vez en mucho tiempo.

Por eso avanza en la oscuridad, a pesar de sus miedos, tirando a Elizabeth de la mano como quien lleva de la correa a un perro que quiere ir en dirección contraria.

—Es ahí —le dice.

La vieja casa de Germán y Vanina parece vacía. La camioneta no está en la puerta y dentro no se ve ninguna luz. Según les dijo Teresa, su hermano y su cuñada están viviendo por un tiempo con Anselmo y Manuela, a doscientos metros de allí, mientras reparan el techo.

Llevan días interesadas en Germán. No sólo actuó de manera muy extraña frente a la policía, sino que, según dejó entrever Teresa, tiene un pasado criminal. Después de debatirlo varias veces han decidido que se arriesgarán a meterse en la casa para buscar algo que confirme o desmienta sus sospechas.

Vistas las malas pulgas que parece tener Germán Estévez, lo que están por hacer es arriesgado. Por eso Eliana avanza despacio con el corazón latiendo desbocado. Sabe que, en la casa principal, Anselmo Estévez tiene dos perros que ladrarán ante el menor ruido. Por suerte, la gruesa capa de arena que lo cubre todo amortigua los pasos. Y el viento, que ahora sopla fuerte, se lleva los ruidos en dirección contraria.

Gira con suavidad el picaporte y empuja la puerta. No está cerrada con llave. Las cerraduras tienen muy poco sentido en un lugar como ese.

—¿Qué es lo que buscamos exactamente? —susurra Elizabeth cuando las dos están dentro.

—Cualquier cosa interesante.

La sala da pena. Dos paneles del techo han cedido bajo el peso de la arena, que forma en el suelo un montículo de medio metro. Todas las superficies de esa cocina-comedor están cubiertas de polvo. Por suerte, el suelo está tan lleno de huellas que unas pocas más no llamarán la atención.

Gran parte de esas huellas van a una de las tres puertas a la vista. Eliana la abre y entran a una habitación cuadrada en la que no cabe mucho más que un ropero y una cama de matrimonio. Está perfectamente hecha, con un hule transparente sobre la colcha para protegerla del polvo.

La primera barrida con la linterna del teléfono revela que

las huellas se concentran en un lado de la habitación. Eliana se agacha para mirar debajo de la cama y descubre cuatro cajas de cartón tan limpias que desentonan con todo lo demás. Intenta sacar una, pero el contenido es tan pesado que el cartón se rasga.

—Ayudame —le pide a Elizabeth, y deja el teléfono en el suelo para disponer de ambas manos.

Entre las dos consiguen arrastrar una caja. Al abrirla, encuentran decenas de bolsas de plástico transparentes para congelar comida. Cada una contiene un fósil. Piñas petrificadas, trozos de tronco, dientes de tiburón y pequeños huesos. Están rotuladas a mano, con un nombre y una dirección.

—Son destinatarios —dice Elizabeth—. Este tipo se dedica a vender fósiles.

Eliana mira alrededor buscando el cráneo de Bartolo. Es un acto reflejo que no tiene lógica, porque el bochón no habría cabido por la puerta.

—Esto hay que filmarlo —dice Elizabeth sacando de la mochila la cámara portátil.

—Yo diría que no —pronuncia a sus espaldas una voz de hombre que a Eliana le pone los pelos de punta.

Cuando se gira, se encuentra con Germán. Tiene en la mano un cuchillo de campo, de esos que rajan una garganta de cordero como si fuera de papel.

Su compañera suelta un grito, pero Eliana sabe que no servirá de nada. El mismo viento fuerte que camufló los pasos ahora impedirá que la voz salga de aquella habitación semienterrada.

O quizás no. Al fin y al cabo, si Germán está ahí bloqueándoles la salida, es porque debió de escucharlas.

—Dame la cámara —dice.

—No filmamos nada, te lo juro.

—La cámara. Y los teléfonos también.

Elizabeth balbucea una súplica, pero Eliana la interrumpe.

—Dale el teléfono, Eli.

Germán se guarda los teléfonos en el bolsillo y deja la

cámara sobre la caja con fósiles.

—Ese es nuestro trabajo. Nuestro modo de vida —dice Eliana, señalando la cámara.

—Y este es el mío —responde Germán, dando un golpecito con el pie a la caja.

—No vamos a decir nada, te lo prometo.

—Les conviene, porque puedo ir a visitarlas a Trelew en cualquier momento. Así que esto es lo que vamos a hacer: ahora se vuelven al campamento y yo me voy a dormir. Mañana cuando me levante, ustedes ya se habrán ido. Total, sin el dinosaurio, no hay mucho que hacer acá, ¿no?

—Sí —dijo Elizabeth—. Es decir, no, no hay mucho que hacer.

—En cambio, si mañana me levanto, voy a visitar a mi hermana y veo la carpita roja con el panel solar al lado, van a terminar igual que Sara Lombardi.

La sangre de Eliana se hiela.

—Esa cabeza de dinosaurio vale una fortuna —añade Germán Estévez—. Millones de dólares. Así que se imaginan lo que estoy dispuesto a hacer para que nadie se interponga en la operación, ¿no?

Eliana asiente. Ve, de reojo, que su compañera también.

Germán revisa los teléfonos y la cámara. Tras comprobar que no hay filmaciones ni fotos de esa habitación, se los devuelve.

A Eliana le parece raro que Germán confiese y las deje ir así, sin más. Pero no piensa quedarse a hacer preguntas.

Sale de la casa con Elizabeth siguiéndola de cerca y vuelven al campamento a toda velocidad. Al llegar, recogen sus cosas y se van antes de que nadie despierte.

CAPÍTULO 50

No logré tomar una decisión durante la noche que pasé dando vueltas en la cama de una habitación del Touring ni en las seis horas que tardé en volver desde Trelew a Valle Precioso. Si le decía a Teresa lo de su hermano, abriría una grieta irreparable en la familia. Si, por el contrario, decidía callar y más tarde Teresa se enteraba de que yo lo sabía, no me lo perdonaría nunca.

Me preocupaban por igual la confesión de Germán del robo del dinosaurio y la amenaza a las Elis de que podían terminar como Sara Lombardi. La paleontóloga había desaparecido apenas unos meses después de que él volviera a vivir a Valle Precioso para recuperarse de su adicción. Sin embargo, según me había contado Teresa, Sara y Juan eran como de la familia para los Estévez. ¿Qué motivos podía tener Germán para hacerle algo?

Por momentos, mientras pasaban los kilómetros, me venía a la cabeza la imagen de Germán Estévez arrastrando el cuerpo de Sara en el desierto.

Las preguntas se me atropellaban en la cabeza como una manada de ñus. ¿Qué relación había entre el robo de Bartolo y los huesos de Sara? ¿Para qué dejar un reguero de huesos humanos a modo de pistas? ¿Dónde había escondido Germán el cráneo? ¿Ya se lo habrían pagado? ¿Quién era el comprador?

Cada una era como una mosca difícil de espantar. Y entre todas esas moscas, había una particularmente molesta, de esas que se empeñan en meterse en un ojo o una oreja. Una pregunta que, dada mi clase social, me costaba digerir: ¿realmente había en el mundo gente con tanto dinero como para pagar los millones de dólares que, según me dijo Teresa a mí y Germán a las Elis, podía valer ese cráneo?

CAPÍTULO 51

Budapest, Hungría, 23 de marzo de 2021.

En el comedor del hotel Four Seasons Gresham Palace, a Joseph Herrero casi se le ataganta el *carpaccio* de wagyu. Ha aprovechado un tiempo muerto en su viaje de negocios por Europa para mirar las noticias en el teléfono y acaba de descubrir que el New York Times hoy abre con la foto de un *Tyrannosaurus rex* que él conoce muy bien.
MISTERIO RESUELTO. STAN, EL T-REX, ESTÁ EN ABU DABI.

El artículo explica que, después de diecisiete meses con paradero desconocido, el Museo de Historia Natural de Abu Dabi ha anunciado que tiene a Stan y que lo exhibirá a partir de 2025, cuando se complete la construcción del edificio.

Herrero busca en los contactos a Stephen Lofthouse. Su teléfono le indica que la última vez que lo llamó fue el día de la subasta, hace un año y medio. Antes de apretar el botón, se permite unos segundos para sonreír. El mundo ha cambiado muchísimo desde entonces. Y con él, las criptomonedas. Hoy por hoy, la empresa de Herrero es diez veces más grande que lo que llegó a ser la de Lofthouse en su mejor momento. La de Lofthouse, por el contrario, pasó de ser la líder en el mercado a poco más que un recuerdo condenado a extinguirse. La marea ha cambiado y hoy Lofthouse, ese metrosexual soberbio que le regaló una lata de Pepsi para hacerlo sentir inferior, no merece que él le devuelva el gesto ni con un vaso de agua del grifo.

Mientras la línea suena, Herrero saborea un trago de Vega

Sicilia que, para tener un año, no está nada mal.

—Veo que has leído las noticias —dice Lofthouse en cuanto atiende.

—¿Qué se siente quebrar una de las empresas más rentables del país en un año? ¿Crees que te incluirán en el libro Guinness?

—Exageras, amigo. La empresa no ha quebrado.

—Sí, sí. Ya sé. La hackearon y se robaron todas las criptomonedas. Seguro que en los próximos años, entre juicios y reclamos a los seguros, consigues volver a ser el líder del mercado.

—No seas alarmista. Esto es poco más que un problema de *cashflow*. Además, Stan era enorme para la nueva casa a la que me he mudado.

—Más pequeña, supongo.

—¿Qué quieres, Herrero?

—Saber por cuánto se lo vendiste a los árabes.

—Veintinueve millones.

—Yo te habría pagado los treinta y dos que pagaste tú.

—Eso ya lo sé.

—¿Prefieres perder tres millones de dólares por orgullo?

—Ya ves que no estoy tan quebrado. Además, permíteme una corrección: no es orgullo sino satisfacción.

—¿La satisfacción de haberte ido a pique?

—La de saber que nunca tendrás lo que yo tuve. Tu empresa quizás siga creciendo, porque al fin y al cabo la gente es idiota, pero tú y yo sabemos que hay algo en lo que jamás podrás superarme.

Durante unos minutos, Herrero sigue intercambiando frases mordaces con Lofthouse. Ha hecho la llamada para humillarlo pero, en lugar de paladear satisfacción, está masticando rabia. Si pudiera, compraría a Stan y en vez de mandarle una réplica a Lofthouse, le enviaría el original. Aquí tienes tu dinosaurio. Pero no puede. Ahora el gobierno de uno de los países más ricos del mundo ha anunciado en el New York Times que exhibirá a Stan en un museo. Ya nunca volverá a ser posible comprar ese dinosaurio.

—No puedes ganar en todo. Es ley de vida —le dice Lofthouse.

—También es ley de vida que un latino criado en el peor barrio de Chicago termine en problemas. Y aquí me ves, cabrón. Aplastando a tu empresa como a una cucaracha.

Sin decir nada más, corta la comunicación. Apoya el teléfono contra la mesa con tanta fuerza que varios comensales a su alrededor se giran para mirarlo.

CAPÍTULO 52

Volviendo de Trelew, paré en Comodoro a tomar un café en la estación de servicio del infiernillo, donde supuestamente habían citado a Mendizábal. Conté cuatro cámaras de seguridad: dos en el interior y dos en el exterior.

Al mismo tiempo que una chica simpática ponía el cortado sobre la mesa, sonó mi teléfono. Era Campoy, del diario.

—Nahuel, ¿por qué no estás en la oficina? —me preguntó sin saludarme.

—Tuve un problema.

—Ahora tenés uno más grande: conseguir otro trabajo.

—No, pará. El reportaje que estoy escribiendo tiene un potencial increíble.

—Te creo, pero ya te expliqué que en este momento no nos podemos dar el lujo de dedicarle un periodista a un dinosaurio.

—Dame una semana más.

—No puedo. Si no estás acá mañana mismo, no vuelvas.

—Tengo vacaciones acumuladas. Podría tomármelas a partir de hoy.

—Es un chiste, ¿no?

—Escuchame, Campoy. Si el diario me echa, me tiene que pagar las vacaciones que no usé. En cambio, si me las tomo, no. Despedirme ahora o dentro de veinte días a *El Popular* le va a costar lo mismo.

—Te necesitamos acá ahora.

—Nadie es imprescindible. Al fin y al cabo, si me echás

tampoco me tenés. Hacé de cuenta que me echaste. Dentro de veinte días yo te entrego lo que tenga escrito hasta el momento y volvemos a hablar. Pensalo, ¡le estoy regalando al diario mis vacaciones!

—Sos un gran negociador, Nahuel.

—Gracias.

—Pero la situación no está para andar haciendo cosas raras. No venís, te tengo que echar. Punto.

Cerré los ojos. El refranero popular dejaba claro qué hacer si no podías vencerlos, pero no decía nada acerca de cómo proceder cuando unírteles resultaba imposible. Decidí seguir remando y huir hacia adelante.

—¿Adónde vas a mandar el telegrama de despido?

—¿Qué?

—Para despedirme, me tenés que notificar.

—Te estoy notificando.

—Tiene que ser por escrito. Cuando nadie le abra al cartero en mi casa, el diario va a tener que mandar a un escribano para que certifique que no estoy. Todo eso lleva tiempo y cuesta dinero. Es un berenjenal más engorroso que darme las vacaciones. Si me echás ahora, es simplemente para demostrar quién la tiene más grande.

Hubo un silencio en la línea. Buena señal.

—Además, desde ya te digo que entre nosotros dos, el que la tiene más grande sos vos —me arriesgué a bromear.

—Perdoname, ¿qué? Justo entró mi secretario y no te escuché.

—Que, por favor, hables con los de recursos humanos y les pidas que me habiliten las vacaciones a partir de hoy. En veinte días te vuelvo a llamar.

—Voy a hablar con recursos humanos, pero para que me digan cuál es la forma más barata de pegarte una patada en el culo.

Y así, de manera cordial y razonando como adultos, Diego Campoy, leyenda del periodismo argentino, decidió que mi carrera en *El Popular* había llegado a su fin.

CAPÍTULO 53

La vuelta de Comodoro fue anodina. Lo más interesante que me pasó fue comprar en un semáforo un paquete de pañuelitos a una chica que tenía un ojo de cada color.

Cuando llegué a Valle Precioso, me encontré con Teresa en la casa de sus padres. Allí estaba también Germán, que me miró como si yo fuera un soldado y él estuviera pasando revista. Sabía que yo había ido a Trelew.

—¿Qué tal te fue? —me preguntó Teresa.

—Muy bien. Paulo es un grande.

—Sí, es genial. ¿Las Elis?

—No las pude ubicar —mentí.

—Qué lástima. Bueno, llegaste justo. Me estaba yendo al campamento.

Teresa me permitió tomar dos mates antes de salir de la casa semienterrada de sus padres. En el trayecto en camioneta, me pidió detalles. Odié mentirle sobre las Elis, pero todavía no estaba listo para tomar una decisión. Tenía que ir con cautela, porque hablar era irreversible. En cambio, callar era posponer. Y mientras no callara por demasiado tiempo, Teresa sabría entenderme.

—Encontré la siguiente pista.

Teresa clavó los frenos y se giró para mirarme.

—Estaba a los pies de la réplica del *Epachthosaurus* —añadí.

—¡Por supuesto! Lagarto pesado.

Saqué del bolsillo la nueva falange. Mientras ella la examinaba, leí en voz alta el papelito, aunque lo podría haber recitado de memoria.

—¿*No le falta algo al dinosaurio que vivió donde la gravedad es menor?*

—Mierda, mierda, mierda.

—¿Entendés a qué se refiere?

—Sí. Tenemos que avisarle ya mismo a Borrás —dijo, volviendo a poner en marcha la camioneta.

—Explicame, porque no entiendo nada.

—Borrás es el director del museo donde está el holotipo del *Giganotosaurus*.

—¿Qué es un holotipo?

—El primer fósil que se encontró de una especie. Borrás fue el investigador principal del *Giganotosaurus* y ahora dirige el museo que se creó para exponerlo.

—¿Los huesos originales del *Giganotosaurus* están ahí?

—Sí. Incluyendo un cráneo en muy buenas condiciones.

Sus palabras salieron tan aceleradas como la camioneta, que avanzaba por el camino dejando una nube de arena.

—¿Qué tiene que ver la gravedad con Borrás?

—El nombre completo de la especie es *Giganotosaurus carolinii*. Significa «lagarto sureño gigante de Carolini». Se llama así por Rubén Carolini, el buscador de fósiles aficionado que lo encontró.

—Sigo sin ver la relación.

—Rubén Carolini siempre sostuvo que es imposible que un animal tan grande caminara sin colapsar bajo su propio peso. Su explicación es que en el Cretácico la gravedad en la Tierra era menor.

—¿Eso es verdad?

—No hay ningún científico que respalde la teoría, pero él la ha contado en mil entrevistas. Supongo que los periodistas la publican porque la consideran plausible. Al fin y al cabo, el planeta era muy distinto hace cien millones de años. Un año duraba 385 días, por ejemplo. Pero la gravedad era la misma.

—Para ir desde Valle Precioso al museo de Borrás hay que

salir para el oeste, ¿no?

—Sí, hasta la ruta 40 y de ahí para el norte.

—Las huellas de la camioneta que se llevó a Bartolo iban en esa dirección.

—Sólo había dos opciones posibles. Hay una probabilidad de un cincuenta por ciento.

—Teresa, creo que es momento de que empieces a considerar que detrás de todo esto hay alguien de tu círculo —dije y aguanté la respiración.

—Lo considero, pero también sé que todas las referencias que hay en las pistas son información pública. Lo de la Isla de los Dinosaurios está en un libro que se puede descargar gratis de internet, el avión enterrado salió en uno de los canales de noticias más vistos del país, el *Epachthosaurus* está estudiado con una descripción minuciosa en un artículo científico que hasta da las coordenadas del lugar del hallazgo. El *Giganotosaurus* es un dinosaurio súper conocido y las entrevistas a Carolini dieron la vuelta al mundo.

—¿Y los huesos de Sara?

—No sabemos si son de ella. Diga lo que diga Juan, las falanges de cualquier especie son prácticamente idénticas entre dos individuos.

En teoría, Teresa tenía razón. Todo aquello era posible. Pero palabras como posible y probable perdían sentido cuando se conocía la realidad. El gato de Schrödinger, una vez abierta la caja, estaba vivo o estaba muerto.

Cuando llegamos al campamento, Teresa apagó el motor y se dispuso a salir a toda velocidad.

—Esperá —le dije—. Tengo que decirte algo importante.

—¿Más importante que hablar con Borrás?

—Creo que sí.

—No me asustes.

—Tu hermano robó el cráneo —le lancé, sin anestesia.

Teresa arqueó las cejas, buscando en mi mirada un guiño cómplice.

—Es una broma, ¿no?

—Me gustaría, pero no. Me lo dijeron las Elis.

—¿O sea que sí te reuniste con ellas?

—Sí, pero no podía contártelo enfrente de Germán. Las Elis se fueron porque él las amenazó. Descubrieron que tu hermano vende fósiles de este campo.

—¿Dónde está el cráneo?

Me sorprendió la pregunta. Era como si no le extrañara lo que le acababa de decir.

—No lo sé. Pero él mismo les dijo que lo había robado.

—No puede ser.

Teresa se había puesto pálida y el sudor le perlaba la frente. Me incliné para abrazarla, pero me alejó con un empujón.

—Tengo que avisarle a Borrás y hablar con Germán.

—No, esperá. Tu hermano las amenazó. Si se entera de que ellas me lo contaron…

—Vos no conocés a mi hermano. Es un perro que ladra pero no muerde. Sería incapaz de hacerles daño a esas chicas.

—Ellas parecían convencidas de lo contrario.

—Como buen drogadicto, Germán es experto en manipular a base de mentiras. Te puede hacer creer lo que él quiera. Pero yo lo conozco. Lo vi en sus peores momentos, y sé que no les va a hacer nada.

CAPÍTULO 54

Encontramos a Alfredo Borrás unos quinientos metros antes de llegar al campamento, caminando por la ladera de una loma con la mirada fija en el suelo. En cuanto le contamos lo que decía la nueva nota, se dirigió con paso apurado en dirección a su carpa. Corrimos detrás de él sin saber muy bien qué más decirle.

—Voy a Sarmiento a llamar al museo para ver si pasó algo —nos anunció mientras cargaba sus cosas en la camioneta—. Depende de lo que me digan, sigo para allá. Si no vuelvo, mandame la carpa por correo.

—Contá con eso.

—¿Querés que le avise a la comisaria Benítez que apareció una nueva pista?

—Sí, por favor.

El paleontólogo se despidió del grupo y salió flechado en su vehículo. Teresa y yo volvimos caminando al lugar donde habíamos dejado la camioneta. Mientras avanzábamos en silencio, yo buscaba sin éxito algo que decirle para tranquilizarla o hacerla sentir mejor.

—¿Qué vas a hacer? —pregunté cuando estábamos a medio camino.

—Me voy a subir a la camioneta y voy a ir a la casa de mis viejos a hablar con mi hermano. A vos te dejo en el campamento, o si querés podés acompañar a Patt a buscar el bochón con la tortuga.

—Teresa, por favor, cuidado con lo que le decís a Germán.

Las Elis tienen miedo.

—Yo conozco a mi hermano. No le voy a decir nada que…

Dejó la frase a medias y señaló en dirección a la excavación del dinosaurio. Germán venía hacia nosotros montado a caballo.

—Parece que vas a escuchar todo lo que hable con él.

Germán Estévez nos saludó con un movimiento de cabeza y se bajó del caballo.

—¿De dónde venís? —le preguntó Teresa.

—De la excavación de Bartolo. Fui a ver si encontraba más huellas.

—¿Qué pasó con las Elis?

—¿A qué te referís?

—No te hagas el boludo. Y más te vale que me digas la verdad porque sé perfectamente cuando me mentís.

—Las eché a patadas.

—¿Qué?

—No me podía dormir y salí a fumar. Me pasa muchas noches. Desde que vivimos con papá y mamá estoy más intranquilo. Además, con Vanina embarazada, la cabeza no me para.

—Las Elis.

—Eso. Que salí a fumar y me pareció que algo se movía en mi casa. Las sorprendí en mi habitación, revolviendo cosas y filmando. ¿Qué querías que hiciera?

—¿Qué hacían en tu habitación? ¿Por qué filmaban?

—Yo qué sé. Esas pibas no tienen límite. Al final tiene razón papá, la gente abusa de nuestra hospitalidad.

—¿Vos estás vendiendo fósiles otra vez?

Lo de «otra vez» me ayudó a comprender la falta de reacción de Teresa un rato antes, cuando le conté lo que las Elis habían descubierto.

—Te dije que, si te volvía a encontrar una puta piña petrificada, te denuncio. ¡Y hablo en serio!

Como yo no tenía ninguna intención de meterme en una discusión entre hermanos, con cada frase me alejaba un poco más. Y aunque la meseta patagónica ofrece pocos escondites, por suerte ninguno de los dos parecía registrarme.

Germán sacó pecho y dio un paso hacia su hermana.

—Dale, denunciame. Que venga la policía y me meta preso otra vez. Así mi hijo, además de crecer pobre, crece sin padre.

Noté que Teresa apretaba los puños.

—¿Te robaste el cráneo de Bartolo?

La expresión seria de su hermano se transformó en una sonrisa.

—Tendrías que haberles visto las caras a esas pibas. Les dije que había mucho en juego y que, si no se iban inmediatamente, iban a terminar como Sara.

—¡Vos no tenés límites! ¿Cómo vas a usar el nombre de Sara para algo así?

—¿Va a venir a echármelo en cara? Sara está muerta, Teresa. A ver si lo entendés.

—Te lo pregunto por última vez. ¿Te robaste el bochón con el cráneo de Bartolo sí o no?

—Sí. Lo levanté con estas dos manos, lo subí al caballo y me lo llevé hasta Comodoro. Ahí se lo cambié a un pibe por un gramo de cocaína.

—Te estoy hablando en serio.

—¿No es eso lo que querés escuchar? ¿Que tu hermano sigue robando para drogarse? Bueno, ahí tenés la historia. Total, te diga lo que te diga no me vas a creer. Para vos siempre voy a ser un drogadicto mentiroso.

Teresa puso las manos sobre las mejillas de su hermano.

—Mirame a los ojos.

Germán evitaba a toda costa el contacto visual, igual que lo había hecho con la policía.

—¡Mirame a los ojos! —insistió ella, sacudiéndole la cara.

Germán por fin posó la vista en su hermana.

—Decime que no tuviste nada que ver y yo te creo.

Germán resopló.

—No tuve nada que ver —dijo a regañadientes.

Teresa se quedó mirándolo unos segundos. Después lo

abrazó contra el pecho y lloraron juntos.

Me alejé, fingiendo que buscaba algo entre las piedras. Intercambiaron algunas frases más que no llegué a oír y después él se subió al caballo y se alejó al galope, saludándome con una mano levantada.

—Él no fue. Sé cuándo dice la verdad.

—Pero lo reconoció frente de las Elis.

—Para asustarlas. Germán siempre fue un bocón. Y a pesar de que robó muchas veces, incluso dentro de la familia, esta vez estoy segura de que no tuvo nada que ver.

Asentí. Yo no lo tenía tan claro, pero al fin y al cabo aquella no era mi guerra.

—Después de pensarlo mucho, estoy convencida de que esto lo hizo alguien que tiene los contactos para vender el cráneo —añadió—. Mi hermano no sabría por dónde empezar. Acá está involucrada una persona que sabe un montón de fósiles. Y, sobre todo, que cuenta con más recursos que nosotros.

CAPÍTULO 55

Los Ángeles, California, junio de 2021.

En la tablet que usa para leer las noticias cuando está en casa, Joseph Herrero ve un titular que le llama la atención.

RETOMAN EN LA PATAGONIA LA EXCAVACIÓN DE UN CARNÍVORO MÁS GRANDE QUE EL T-REX

En un acto reflejo, levanta la vista y mira el cráneo de *T-rex* que compró por medio millón de dólares hace seis meses. No impone tanto como Stan, el esqueleto completo que perdió en la subasta contra Lofthouse, pero es lo mejor que hay en el mercado.

Lee la noticia sin prisas, asegurándose de que no se le escapa ningún detalle.

Piense en el dinosaurio carnívoro más grande que caminó nunca sobre la tierra. Imagínese nueve toneladas de peso y catorce metros de largo. Basta una mordida para romper el cuello de cualquier ser vivo que se cruce en su camino. Tiene dientes afilados y los miembros anteriores pequeños.

¿Ha pensado en un Tyrannosaurus rex*? Si es así, se equivoca. Le presentamos a Bartolo, el dinosaurio carnívoro más grande del que se tiene constancia hasta el momento. Vivió hace sesenta y siete millones de años en la selva tropical donde hoy se encuentra la Patagonia Argentina.*

Bartolo, como lo bautizó inicialmente la paleontóloga Sara Lombardi, es un carcarodontosáurido cercanamente emparentado con el

famoso Giganotosaurus Carolinii. *De hecho, la paleontóloga manifestó en sus observaciones preliminares que las similitudes con esta especie son notables, aunque Bartolo vivió veintidós millones de años después de su antepasado.*

El primer ejemplar de Giganotosaurus carolinii *fue encontrado en 1993 en el sur de Argentina, justo el mismo año en que se estrenó la película Jurassic Park. Pasarían veinticuatro años hasta que un nuevo esqueleto de características similares fuera descubierto.*

Fue en noviembre de 2017 cuando Rogelio Ledesma, un peón rural que seguía un rebaño extraviado de ovejas en un campo del sur de Argentina, se topó con «una mandíbula gigante». Tres meses después, Ledesma lo notificó a Sara Lombardi, quien realizó los primeros trabajos en el fósil.

Desafortunadamente, una tragedia dejó trunca la excavación. Pocos días después de hablar con Ledesma, Sara Lombardi se extravió durante una tormenta de arena y no volvió a ser vista. Las autoridades abandonaron la búsqueda después de un mes.

A cuatro años del triste suceso, un equipo de paleontólogos argentinos entre los que se incluye Juan Lavalle, el marido de Sara Lombardi, se dispone a retomar la excavación. La información que existe hasta ahora es muy alentadora.

«El fósil está protegido con yeso desde hace cuatro años», explica desde su oficina en el Museo Egidio Feruglio la paleontóloga Teresa Estévez, sucesora de Sara Lombardi. «Contamos con toda la documentación y las fotografías que dejó Sara antes de taparlo e hicimos pequeñas excavaciones en el perímetro. Por lo que sabemos hasta el momento, se trata de un dinosaurio muy parecido al Giganotosaurus carolinii, *pero más grande. El estado de conservación es excelente. Estimamos que hay por lo menos un 80% del cráneo. También afloran huesos de otras partes del cuerpo, entre ellos un fémur, así que no descartamos llevarnos una linda sorpresa cuando arranquemos con la excavación».*

«Empezaremos con la campaña en febrero del año que viene. Todo el proceso va a quedar registrado en un documental. Son semanas de trabajo en el campo y después meses en el laboratorio

preparando el fósil para que pueda ser estudiado», continúa Estévez cuando le preguntamos cómo sigue esta historia. «Pasarán años hasta que podamos publicar un artículo científico describiendo el dinosaurio y sepamos definitivamente si se trata de una especie nueva, aunque todo parece indicar que es así».

Estévez nos adelanta en exclusiva que el fémur de este carnívoro mide un metro sesenta de largo, veinte centímetros más que el Giganotosaurus *descubierto en 1993. «Según estimaciones muy preliminares, basadas en los huesos todavía sin desenterrar, sería un animal de aproximadamente catorce metros de largo y nueve toneladas de peso. Más grande y más pesado que el T-rex».*

Debajo de la noticia, Herrero lee un recuadro titulado *Dinosaurios populares.*

Curiosamente, así como el Giganotosaurus *fue descubierto el mismo año que se estrenara* Jurassic Park, *este nuevo hallazgo coincide con el año en el que Disney lanzará la última película de la saga, titulada* Jurassic World: Dominion. *Y así como en* Jurassic Park *fue el T-rex el encargado de sembrar el caos, en esta última entrega la franquicia redoblará la apuesta con una criatura más grande y temible: nada menos que el* Giganotosaurus carolinii.

Para muchos científicos, el gigante argentino ha derrocado hace décadas al T-rex, coronándose como el carnívoro más grande que haya caminado jamás en este planeta. ¿Logrará ahora también desbancarlo en la cultura popular?

Para cuando Joseph Herrero termina de leer, una efervescencia casi eléctrica se ha apoderado de su estómago. Sintió lo mismo cuando conoció a su mujer o cuando su primera empresa salió a bolsa. Tarda menos de un minuto en decidirse a llamar a Eric Dowding.

—Eric, ¿qué tal? Soy Herrero.

—Lo sé. Te tengo agendado.

—¿Has visto la noticia del carcarodontosáurido en la Patagonia?

—Por supuesto.
—Lo quiero.

Herrero sabe que oirá una carcajada, y la oye. Decide no pronunciar una sola palabra más y dejar que el silencio ponga a Dowding en su sitio.

—Estás bromeando, ¿no? —pregunta al fin su interlocutor.

—¿Alguna vez te llamé para hacerte una broma?

—Herrero, una cosa es que yo te consiga un cráneo de *T-rex* de Montana y otra muy diferente es un dinosaurio de Argentina. ¿Sabes lo que eso significa?

—Una logística algo más complicada.

—¿Algo más complicada? En Argentina los fósiles son patrimonio del Estado. Allí, si encuentras un dinosaurio en tu tierra, no te pertenece. No se puede vender y mucho menos sacarlo del país. Además, ni siquiera lo han desenterrado todavía.

—Lo que te decía: una logística más complicada. ¿Cuánto quieres?

—Herrero, si piensas que yo voy a arriesgarme a terminar preso en una cárcel sudamericana, estás totalmente...

—¿Dos millones te parece bien?

Eric Dowding no responde.

—Gastos aparte —añade Herrero—. Por cierto, ¿dónde está esa autoestima? Si lo haces bien no tienes por qué terminar en ninguna cárcel.

—¿No tienes nada mejor en lo que gastarte dos millones de dólares?

—En este momento, no.

La línea se queda en silencio. Herrero reconoce la reacción. Es el efecto que tiene la opulencia sobre sus interlocutores.

—Nunca en tu vida volverás a tener la oportunidad de ganar ese dinero —añade.

—Tienes razón. Pero, si voy a hacerlo, necesito que me respondas una pregunta.

—Dispara.

—¿Por qué quieres meterte en algo así?

Herrero piensa en Lofthouse, en su padre y en la riña de gallos.
—Porque puedo —contesta.

CAPÍTULO 56

A la mañana siguiente, los que quedábamos en el campamento estábamos reunidos alrededor del fuego. El día había amanecido agradable y desayunábamos en silencio tortas fritas con mate.

De fondo, una radio sintonizada en una de las dos estaciones de AM que llegaban hasta allí emitía una chacarera demasiado animada para el humor del equipo. Cuando terminó la canción, un hombre de voz gruesa y algo melosa anunció que leería los mensajes para el poblador rural.

Teresa levantó la mano y alguien subió el volumen.

—*Para Teresa Estévez, de estancia Valle Precioso. Me dicen en el museo que no falta nada, pero igual voy para allá, por las dudas. La policía está avisada de la novedad. Firmado: Alfredo Borrás.*

Para los centenares de personas de campo que religiosamente escuchaban la sección de mensajes que la radio transmitía seis veces por día, ese debe de haber sido el más extraño en años. Sin embargo, para nosotros tenía todo el sentido. Borrás había llamado a su museo desde Sarmiento y, después de revisar la colección y las salas de exposición, le habían asegurado de que no faltaba nada ni había nada raro. Sin embargo, el paleontólogo por algún motivo había decidido continuar los mil kilómetros hasta su museo en Villa El Chocón, para asegurarse en persona de que realmente todo estaba bien. Pero antes de hacerlo, había avisado a la policía de la nueva pista —con falange incluida— que yo había encontrado en Trelew.

—Bueno, señores —dijo Teresa, palmeándose las rodillas para ponerse de pie—. Se acabó la campaña. Mañana nos vamos.

—¿Cómo que nos vamos? —preguntó Lavalle.

—No tenemos nada más que hacer acá. El bochón de la tortuga está listo, Borrás no va a volver y la policía no nos permite seguir trabajando en el resto del esqueleto de Bartolo. ¿Para qué nos vamos a quedar?

Por unos segundos, sólo se escuchó el crepitar del fuego.

—Es muy triste que todo termine así —dijo Patt—, pero creo que estás tomando una buena decisión. Nuestro trabajo es desenterrar y estudiar dinosaurios. No somos detectives.

—Eso es verdad —concedió Teresa.

—Bueno, al menos queda el resto del esqueleto, ¿no? —aportó Eduardo mientras salaba un pedazo de cordero.

—Sí, pero un cráneo así de completo es único en el mundo. El valor que tenía para la ciencia era impresionante.

—Tiene —corrigió Juan Lavalle—. No sabemos dónde está, pero no puede permanecer oculto para siempre. Los fósiles tarde o temprano aparecen.

Teresa asintió con un movimiento mecánico. Evidentemente, las palabras de su amigo no la consolaban.

A mi espalda sonó una pequeña explosión. Al girarme, vi a Patt con un champán en la mano.

—Está caliente y me hubiera gustado abrirlo en otras circunstancias, pero no me lo pienso llevar de vuelta.

Por toda respuesta, el paleontólogo recibió sonrisas tímidas. Sirvió el champán en vasos de plástico y brindamos con sonidos apagados, como nuestro ánimo.

—Por que la próxima sea mejor —dijo el estadounidense.

CAPÍTULO 57

Los Ángeles, California, agosto de 2021.

Joseph Herrero está sentado en un sillón de cuero en la misma sala en la que hace más de un año y medio destrozó la réplica de Stan. Acaba de terminar una videollamada con el CEO y los accionistas mayoritarios de CoinJungle, su empresa de criptomonedas. En los últimos meses, el número de transacciones que gestiona su firma está subiendo como la espuma. Y con cada una de esas transacciones, gana una comisión. Da igual si el bitcoin sube o baja. Cada día hay millones de personas que quieren comprar y otras que quieren vender. Y el cuarenta por ciento de esas ventas se hacen en CoinJungle.

Después de la videollamada, ha bajado a la sala donde guarda sus colecciones. Tiene que decidir dónde pondrá las cuatro máscaras de oro inca que acaba de comprarle a un magnate japonés. El antiguo dueño las tenía dispuestas en cajas de cristal en el centro de una sala en su casa en las afueras de Kioto, pero él ha resuelto que va a montarlas en cuadros sobre una pared. El centro de esta sala está reservado para algo más importante.

Como si su pensamiento lo hubiese invocado, recibe una llamada de Eric Dowding.

—Dime que tienes buenas noticias.

—Tengo buenas noticias. Mi contacto en Buenos Aires dice que puede conseguir el cráneo.

—¿Y el resto?

—El resto ni siquiera se sabe cuándo lo van a desenterrar. Puede ser este año o el siguiente.

—Quiero el esqueleto completo.

—Herrero, a los millones de años que pasaron desde que murió ese animal no les importa lo que tú quieras. Nadie sabe qué hay debajo de la roca. Lo único que esa paleontóloga desenterró antes de desaparecer es el cráneo. Y eso sí está en excelentes condiciones.

—Prefiero esperar, entonces.

—Como quieras. Pero puede que no aparezca otro carnívoro así en el transcurso de nuestras vidas.

—Tú no tendrás otro comprador, ¿no?

—Parece que no me conocieras. Ya sabes cómo trabajo. Sólo te digo que si esperas quizás se te pase el tren. Mi contacto sólo puede conseguir el cráneo antes de que llegue al museo al que van a enviarlo. Una vez allí, ya no podrás comprarlo. O al menos, él no puede ayudarte.

—¿Qué sugieres, entonces?

—Hazte con el cráneo. Sin él, el resto del esqueleto pasa a tener mucho menos valor. Será más fácil conseguirlo sobornando a algún político o llevándonoslo de un museo con poca vigilancia.

Como si estuviera en una partida de ajedrez, Herrero piensa en la siguiente movida. No le gusta perder. Él quiere que el dinosaurio carnívoro más grande del mundo también sea el más completo, pero Dowding tiene razón. A la realidad le importa un bledo lo que él quiera. Puede que sólo haya un fémur, una garra y poco más. O puede que haya un excelente esqueleto pero pasen años hasta que lo excaven.

Si al final sólo está el cráneo, lo montará en el centro de la sala, enfrentado al de *T-rex* que ahora tiene en su oficina. Será un duelo de titanes digno de película de Spielberg.

—No hace falta que me respondas ahora. Los paleontólogos comenzarán a trabajar en febrero. Tienes meses para decidir.

—Lo quiero.

—¿Estás seguro?

—Tráeme ese cráneo. Ya veremos lo completo que está el resto y cómo lo conseguimos.

CAPÍTULO 58

Las horas tempranas de la mañana transcurrieron en silencio mientras desarmábamos las carpas, guardábamos todo y cargábamos el bochón con la tortuga en la caja de la camioneta de Teresa. El primer vehículo en irse fue el de Jacinto, que se llevó a Patt y a Gala.

Sobre las diez y media, la única carpa que quedaba en pie era la de Juan Lavalle.

—¿Qué vas a hacer? —oí que le preguntaba Teresa.

—Me voy a quedar una noche más.

—¿Querés que me quede con vos?

—No, prefiero estar solo.

—¿Para qué?

—Para pensar.

Lavalle hablaba con la mirada puesta en el horizonte. Intenté ponerme en su lugar. Su mujer había desaparecido tras encontrar el dinosaurio. Ahora el dinosaurio había desparecido y los huesos de su mujer afloraban uno a uno con pistas que no se sabía muy bien adónde querían llegar.

—Bueno, yo tengo que llevar a Nahuel al aeropuerto, en Comodoro, y después sigo hasta Trelew para dejar la tortuga.

Las palabras de Teresa me dolieron en el estómago. Me iba de ahí sin haber escrito más que el borrador que le había enviado a Campoy y sin que se hubiera resuelto el robo. Cualquiera de esas dos puertas abiertas habría sido suficiente para causarme sudores y taquicardia cada vez que pensara en ella. Sin embargo, ninguna de las dos era lo que más me preocupaba en ese momento.

Había una tercera, abierta de par en par y del tamaño de las del Taj Majal: me iba sin saber qué iba a pasar entre Teresa y yo, con altas probabilidades de que me asociara para siempre con el trago más amargo de su vida.

—En unos días vuelvo —continuó Teresa, dirigiéndose a Lavalle—. Quiero estar cerca de mis viejos. A la vuelta, paso a visitarte por tu casa en Comodoro, para ver cómo estás.

Lavalle le agradeció con una sonrisa y nos despedimos de él con un fuerte abrazo.

Hablamos poco durante el viaje a Comodoro. Ella estaba sumida en sus pensamientos y yo, en mi laberinto de asuntos sin resolver. Quizás Lavalle tenía razón con eso de que Valle Precioso estaba bajo la lupa de la pena.

Al llegar a Comodoro, Teresa señaló un edificio alto de color salmón y dijo las primeras palabras en un largo rato.

—Ese es el Hotel Leucaena, donde durmió Mendizábal la noche que nos robaron a Bartolo.

Yo, que había vivido en Comodoro mientras estudiaba magisterio, sabía que ese hotel era uno de los más caros de la ciudad.

—Pará —le dije—. Estacionate donde puedas. Se me acaba de ocurrir una idea.

—Nahuel, faltan dos horas para tu vuelo.

—No nos va a llevar demasiado tiempo.

Teresa abandonó la avenida principal y estacionó en una de las calles laterales.

—¿Qué vas a hacer? —me preguntó.

—Vení.

—No pienso dejar sola a la tortuga —dijo, señalando el bochón en la caja de la camioneta—. No quiero que me roben dos veces.

—Es imposible tener tanta mala suerte. Además, estamos en plena ciudad. Esto está lleno de gente.

Después de sopesar mis palabras, Teresa cerró la camioneta y caminó junto a mí. Mientras atravesábamos un pequeño parque, una mujer joven se nos acercó mostrándonos una caja llena de pañuelos descartables.

—¿Me podrían comprar unos pañuelitos, por favor? Páguenme lo que quieran. Tengo dos hijos y este es mi único trabajo.

Sus ojos, uno de cada color, me confirmaron que era la misma mujer a la que le había comprado pañuelitos el día anterior, cuando volvía de Trelew.

—Gracias —le dije—, pero todavía tengo los que te compré ayer.

—Por favor, ayúdenme. Podría estar robando, pero elijo trabajar.

Yo odiaba ese chantaje emocional, pero no era inmune a él. Así que le di un billete a cambio de dos paquetes de pañuelitos para sumar a mi colección y nos alejamos de ella cruzando la calle.

En el lobby del hotel nos recibió la sonrisa de un conserje con el pelo negro peinado hacia adelante como si el viento patagónico lo hubiera sorprendido de espaldas. Era uno de esos cuarentones afortunados a los que el tiempo apenas les hace mella.

—Hola —dije en tono bajo y cómplice—. Tengo una pregunta un poco inusual.

—Son mi especialidad.

—¿Cuál es la propina más alta que te dieron desde que trabajás acá?

El conserje me miró desconcertado.

—Quiero superarla —añadí—. Para que nadie ande diciendo que Ernesto Forte no deja propina.

En cualquier otra ciudad del mundo, un hombre con botas manchadas de barro seco, pantalones sucios, barba de varios días y pelo duro por el polvo no habría sido tomado en serio por el conserje de ningún hotel. Pero en Comodoro Rivadavia, la ciudad del petróleo, muchas de las personas con mayor poder adquisitivo volvían del campo con un aspecto idéntico al mío.

—El año pasado un matrimonio de Estados Unidos me dejó un billete de cincuenta dólares.
—¿Cincuenta? Qué miserables los yanquis. Yo te voy a dar cien. ¿Qué te parece?
—Muy bien, señor —dijo con una sonrisa tímida—. ¿Puedo ofrecerles la suite presidencial?
—No, no necesitamos una habitación.
—En ese caso, dígame cómo lo puedo ayudar.
Me giré hacia Teresa.
—Dame cien dólares, mi amor.
Teresa me miró desconcertada.
—Los cien dólares que llevás siempre en la billetera. Ya sé que es tu amuleto de la suerte, pero estoy seguro de que él los necesita más que nosotros.
Sin decir una palabra, Teresa sacó de su cartera el billete con el que había hecho el truco de magia y me lo entregó doblado a la mitad, para que no se viera el reverso en blanco.
—Cien dólares por que nos digas quién pagó por la habitación en la que durmió Valentín Mendizábal la noche del 9 de febrero —dije, apoyando el papel sobre el mostrador.
El empleado buscó con un tecleo rápido en la computadora que tenía enfrente.
—Esa noche el señor Valentín Mendizábal se hospedó en la habitación 29. El pago se hizo en efectivo.
—Eso ya lo sabemos. Necesitamos averiguar quién lo hizo.
—Al ser en efectivo, no hay forma de saberlo.
—Tiene que estar grabado en las cámaras.
El conserje negó con la cabeza.
—Las grabaciones son sagradas para el hotel, señor. Sólo se las mostramos a la policía con la orden de un juez. Piense que acá viene gente de todos los círculos sociales, a veces acompañada de personas que no se supone que tienen que acompañarlos. ¿Me explico?
—Cien dólares. ¿Me explico?
—Imposible, señor.
Las palabras del hombre decían que no, pero su mirada me

invitaba a esforzarme un poco más.

—Mirá, hagamos una cosa —le dije—. No hace falta que me muestres las grabaciones. En la base de datos seguramente figura la hora exacta del pago. Sólo necesito ver una foto de la persona que estaba parada en ese preciso momento donde estoy yo ahora.

Di dos golpecitos con la uña al billete. El conserje miró alrededor y extendió la mano para agarrarlo, pero yo lo alejé de su alcance y volví a guardármelo en el bolsillo.

—Primero lo primero.

El empleado nos dedicó una sonrisa tensa y llamó a una colega para que lo sustituyera en su puesto. Después nos indicó que esperáramos en unos cómodos sillones y se metió por una puerta de acceso exclusivo para el personal.

—¿Te volviste loco? —me preguntó Teresa—. ¿Qué vamos a hacer cuando vea que el billete es falso?

—Vos seguime la corriente.

El conserje volvió a los quince minutos con un teléfono en la mano.

—Tengo una foto de la pantalla en el momento en el que pagan por la habitación.

Le mostré el billete sin desdoblarlo y lo metí en el bolsillo de su chaleco gris.

Al ver la foto, miré a Teresa incrédulo.

—¿Esta es la persona que pagó la habitación? —preguntó ella.

—Sí. No entró nadie al lobby quince minutos antes ni después de esta mujer.

—No puede ser —dije.

—No hay duda —respondió el muchacho.

Teresa y yo nos miramos. La habitación de Mendizábal la había pagado la chica que acababa de vendernos los pañuelitos.

CAPÍTULO 59

Salimos corriendo de la recepción del hotel.
—Allá —le dije a Teresa, señalando un semáforo en rojo. La chica se paseaba entre los coches parados ofreciendo su mercadería.

La puerta del hotel se abrió a nuestras espaldas y el conserje salió disparado hacia nosotros con el billete en la mano. En su rostro no había ni un ápice de la amabilidad de hacía segundos.

—Mejor —le dije a Teresa—, así vamos más rápido.

Echamos a correr hacia el semáforo. En cuanto la chica vio que nos acercábamos, huyó a toda velocidad en dirección al centro de la ciudad.

—¡Pará! —le grité—. Sólo queremos hacerte unas preguntas.

—¿No podrías haber dicho una frase que sonara más a policía? —protestó Teresa.

Aunque corrí a todo lo que me daban las piernas, Teresa pronto me dejó atrás y desapareció en una esquina. Vi por encima del hombro que el del hotel achicaba la distancia.

—¡Vení acá, hijo de puta! —gritó.

Seguí hasta sentir que se me salía el corazón por la garganta. Estuve a punto de parar, pero al doblar la esquina vi que Teresa le había dado alcance a la chica y le hacía señas para que se tranquilizase.

Al ver que me acercaba, volvió a echar a correr, pero Teresa la agarró de una manga.

—Esperá. No te va a hacer nada —oí que le decía.

Cinco segundos después de mí llegó el conserje. Estábamos los dos destrozados.

—Perdón —le dije, jadeando con las manos en las rodillas—. Era muy importante. Soy periodista y no tengo cien dólares para darte. Si no, te juro que te los daba.

Saqué de la billetera hasta el último peso que llevaba encima. Al cambio, no llegaba ni a diez dólares.

—Es todo lo que tengo —le dije.

El muchacho me arrancó el dinero de la mano y se fue indignado. Respiré antes de volverme hacia la chica de los pañuelitos.

—Necesitamos hacerte una pregunta —le dijo Teresa.

—Si nos respondés la verdad, te compramos todos los pañuelitos —añadí.

—¿Qué vas a comprar vos, si estás seco?

Teresa hurgó en su cartera y le mostró varios billetes.

—Él sí, pero yo no. Necesitamos saber por qué pagaste una habitación en el Leucaena a nombre de Valentín Mendizábal.

—Un tipo me ofreció guita para que lo hiciera.

—Y ahora nosotros te ofrecemos más para que nos cuentes quién era —dijo Teresa, dándole algunos billetes.

—No lo conozco.

—¿Cómo era físicamente?

—Normal. Tendría unos cincuenta, o cincuenta y cinco años.

—¿Alto? ¿Bajo? ¿Barba? ¿Color de piel?

—No sé, un tipo común.

De seguir preguntándole, seguro que habríamos terminado con una descripción física que nos sirviera. Pero yo sospechaba que había una forma más rápida. De mis intentos fallidos de escribir una novela había aprendido el concepto de la navaja de Ockham: la explicación más sencilla era también la más probable. Y para mí, desde el día que desapareció Bartolo, la explicación más simple había sido que los ladrones contaron con ayuda de algún miembro de la campaña.

Busqué en mi teléfono fotos de los últimos días.
—¿Lo reconocés entre estas personas? —dije, mientras pasaba las imágenes.
A la cuarta, la chica asintió.
—Es este —dijo.
Su dedo señalaba a Juan Lavalle.

CAPÍTULO 60

Perdí el vuelo. O, mejor dicho, nunca intenté subirme al avión. En vez de continuar hacia el aeropuerto, dimos media vuelta e hicimos los cien kilómetros de regreso hasta el Colhué Huapi a toda velocidad.

Entramos por el campo de Mendizábal, porque el acceso al campamento era más rápido por ahí. Cuando faltaba un kilómetro para llegar, nos desviamos hacia la izquierda por una huella apenas marcada, maltrecha y llena de matas. Teresa avanzó con la camioneta a paso lento, para no dañar la tortuga que llevábamos detrás, hasta detenerse doscientos metros más adelante en una depresión en el relieve.

—En la guantera hay unos binoculares. Pasámelos.

En cuanto se los di, salió del vehículo y se subió a la parte de atrás, junto al bochón de la tortuga.

—Está desarmando la carpa —dijo con los prismáticos pegados a la cara.

—¿Qué querés hacer?

—Esperar.

Durante la siguiente hora, Teresa no dejó pasar más de cinco minutos entre una ojeada a los binoculares y la siguiente.

—Ahí se va —anunció por fin.

Le pedí los prismáticos y vi que la camioneta de Juan Lavalle se movía, abandonando el lugar en el que había dormido las diecisiete noches anteriores.

—¿Qué hacemos?

—Lo seguimos —dijo Teresa, decidida.

Volvimos a nuestros asientos. Desde ahí, el bajo en el terreno nos impedía ver a Lavalle pero no a la nube de polvo que levantaba mientras recorría el camino que iba hacia el asfalto.

Teresa puso primera y avanzó demasiado lento para mi gusto. Una vez salimos al camino principal, apenas aumentó la velocidad.

—¿No lo vamos a perder si vamos tan despacio?

—Si acelero, levanto mucho polvo y puede darse cuenta de que lo seguimos. Además, tenemos una tortuga del Cretácico en la caja.

Decidí callar. Yo era apenas el Watson de esa Sherlock Holmes.

Conforme pasaban los kilómetros, la nube de polvo de Lavalle se alejaba cada vez más. Llegó un momento en que era una voluta tan pequeña en el horizonte que bastaba cualquier depresión en el terreno para dejar de verla.

Para cuando Teresa pisó un poco más el acelerador, ya era tarde. Tras superar una de las pocas curvas del camino, el rastro había desaparecido.

—No lo veo.

—Yo sí —me respondió, señalando a la derecha.

Aquello me descolocó por completo. El camino seguía recto hasta el horizonte, pero la nube se movía en sentido perpendicular.

—¿Está cortando campo?

—No. Está usando un camino abandonado.

—¿Sabés adónde va?

Teresa se mordió el labio y negó con la cabeza, como si no pudiera creer que lo que estaba por decirme no se le hubiera ocurrido antes.

—Sí —dijo y aceleró—. Al escondite perfecto.

CAPÍTULO 61

Después de unos minutos que se me hicieron eternos, Teresa giró a la derecha por la huella más maltrecha que yo había transitado en mi vida. Por momentos teníamos que detenernos por completo y sortear en primera las grandes zanjas que habían trazado lluvias de hacía mucho tiempo.

Nos detuvimos frente a un alambrado. El camino continuaba del otro lado de una tranquera de madera que había visto mejores tiempos.

—Este campo lleva años abandonado —me explicó Teresa, señalando al otro lado del alambre—. Está al este del de Mendizábal y al sur del de mi familia. Los López fueron una de las primeras familias en irse cuando se agravó lo de la arena. Este camino comunica los dos campos, pero incluso en épocas buenas se usaba muy poco.

Seguimos durante media hora a la nube de polvo de Lavalle hasta llegar a un bajo en el terreno cercado por un rectángulo de árboles muertos. Dentro del perímetro, la casa principal del campo abandonado no era más que un gran médano del que asomaba una esquina de cemento y chapa. Si la de los Estévez daba pena, esta era para ponerse a llorar.

Teresa señaló huellas de rueda en la arena. Iban hacia una gran construcción de chapa a unos cien metros de nosotros que reconocí a pesar de que más de la mitad estaba bajo tierra. Era el galpón de esquila, el lugar donde, en otra época, un grupo itinerante de hombres llegaba cada año detrás de una máquina esquiladora para ganarse el pan a base de pelar mil ovejas por día.

Nos bajamos de la camioneta con el mayor sigilo posible. Desde el galpón nos llegaba el ruido de un motor. Mientras nos acercábamos, un segundo motor se sumó al primero tan de repente que me paré en seco. Teresa continuó como si estuviera acostumbrada a oír aquello.

Rodeamos la construcción para asomarnos a la fachada, que estaba despejada de arena. Las huellas se metían a través de una puerta de dos hojas colgadas de roldanas oxidadas. Lavalle había dejado una abertura apenas suficiente para que pasara una persona.

Por debajo de una de las puertas salía un grueso cable negro que nos reveló la fuente del primer ruido: un generador eléctrico portátil no más grande que un carrito de la compra. El ronroneo del segundo motor provenía de dentro.

Al asomarnos al interior de la vieja construcción el sonido se intensificó. La camioneta de Juan Lavalle, estacionada dentro, nos sirvió de parapeto desde donde mirar sin ser vistos.

Lavalle estaba de espaldas a nosotros. Trabajaba sobre una mesa polvorienta en el gran huevo blanco, que estaba abierto a la mitad. Las decenas de dientes afilados no dejaban lugar a dudas: era el cráneo de Bartolo.

Cuando el segundo motor se paró de golpe, entendí por fin lo que era: un compresor de aire que había alcanzado la presión deseada. El golpeteo ensordecedor le dio paso a un zumbido idéntico al que oí cuando visité el laboratorio del MEF. Juan Lavalle estaba preparando el fósil allí mismo.

—¿Se van a quedar ahí? —preguntó sin girarse para mirarnos.

—¡Juan! ¿Qué es esto? —dijo Teresa, abandonando el escondite—. Decime por favor que tiene una explicación.

—Tiene una explicación, pero no te va a gustar. Así que voy al grano: le vendí el cráneo a un coleccionista en Estados Unidos.

—¿Por guita? —preguntó Teresa, con una cara de asco como si estuviera dentro de un pozo ciego con el agua hasta la cintura.

—¿Conocés a alguien que se mueva por otra cosa?

—Claro que sí. Sara. Yo. Y pensé que vos también.

—¿Estás segura? —contrarrestó Lavalle—. ¿Trabajarías si no te pagaran?

—Esto es absurdo. Todos necesitamos tener las necesidades básicas cubiertas. Eso no significa que...

—¡La famosa pirámide de Maslow! Ahí diste en el clavo. Sin techo ni comida no hay músicos, ni artistas, ni paleontólogos.

—¿Me vas a decir que te falta para comer?

Lavalle miró a Teresa con la sonrisa con la que se mira a un niño que hace una pregunta inocente.

—No hago esto por mí.

—¿Por quién, entonces?

—¿No te das cuenta?

Teresa no respondió. Lavalle dio un paso hacia ella y le tocó el esternón con el dedo índice.

—Por vos, Teresa. Lo hago por vos.

CAPÍTULO 62

—¿Por mí?

—Sí, y también por el resto de tu familia.

El hombre señaló las chapas en el techo, hundidas hacia adentro por el peso de la arena. Después, con el talón de la bota removió el polvo hasta que el pie le quedó enterrado hasta el tobillo.

—La casa de tus viejos va camino a esto.

—¿Qué tiene que ver eso con el cráneo?

—Este fósil es el pasaporte para que tu familia se vaya de acá.

—¿Qué estás diciendo? Mi papá no se quiere ir. Vos y yo sabemos que si lo llevás al pueblo, lo matás.

—Nadie habló de ningún pueblo. Pero hay campos y campos. Ciento cincuenta kilómetros al oeste tenés la zona de Buen Pasto, por ejemplo. Ahí hay mucha agua y nunca va a llegar la arena del Colhué a menos que el planeta empiece a girar para el otro lado.

—¿Ese era tu plan? ¿Vender un fósil único y trasplantar a mi familia?

—Ese *es* mi plan, Teresa. Y todos los fósiles son únicos. Eso vos lo sabés muy bien y no te impidió ayudar a tu vecino con sus colecciones.

—No seas ridículo. Este cráneo es muy importante para la ciencia. Y para estudiarlo hay que prepararlo en un lugar en condiciones, no en este cuchitril.

Juan Lavalle miró alrededor.

—No será tu MEF, pero tampoco dista tanto. Luz potente, martillo percutor, compresor de aire y tres o cuatro pegamentos. Este cuchitril tiene todo lo que tiene que tener, incluyendo a uno de los preparadores de fósiles con más experiencia del país.

No dijo eso último con soberbia, sino como quien expone un dato objetivo. Era verdad que ese galpón de esquila no distaba tanto del laboratorio del MEF que me había mostrado Paulo Porta. Los fósiles eran inmunes al polvo. Y los técnicos en paleontología, también.

—Tiene que ser una broma —dijo Teresa, y después lo repitió mirándome a mí—. Tiene que ser una broma.

Sus pómulos se contraían con una rigidez que podría haber pasado por una sonrisa, pero la voz le salía con el inconfundible timbre tembloroso de la histeria. Lavalle intentó ponerle una mano en el hombro, pero ella la rechazó con la hostilidad de un gato arrinconado.

—Tranquila, Teresa.

—¿Mis viejos accedieron a esto?

—Yo lo único que voy a decirte es que te entiendo, y que también sé que tarde o temprano me vas a entender a mí. Las preguntas que tengas para tus padres, es mejor que se las hagas a ellos.

—¿Te estás escuchando? ¿Querés que te deje acá tranquilo, preparando mi dinosaurio para venderlo mientras voy a hablar con mi familia?

—¡No es *tu* dinosaurio! —rugió Lavalle.

—Ah, ¿no? ¿De quién es? ¿De Sara?

—Basta —intervine—. Se están diciendo cosas de las que se van a arrepentir.

—Vos callate la boca.

La voz que me había hablado no era la de Juan ni la de Teresa. Venía de detrás mío. Al girarme, me encontré con el cañón de un rifle apuntándome a la cara.

CAPÍTULO 63

—¡Papá! ¿Qué hacés? ¿Te volviste loco?

Di un paso hacia atrás, pero el rifle mantuvo la distancia como si un hilo invisible lo atara a mi nariz. En el otro extremo, las manos de Anselmo Estévez lo sujetaban con fuerza.

—Este va a contar todo, como hizo con Fabiana Orquera.

Al parecer, que Estévez fuera fan mío no significaba que le hiciera gracia que escribiera su historia.

—No, Estévez. No voy a decir nada, se lo prometo.

—Si me pudiera comprar algo con las promesas que tengo acumuladas, sería rico.

—De verdad. Nunca voy a escribir nada de este tema si usted no quiere.

—Estévez —le dijo Lavalle—. Dejate de joder. No hagas una locura.

—Papá, tranquilizate. Te está superando la situación.

—¡Hace años que me superó la situación! Esta es nuestra única oportunidad, ¿entendés o no entendés? No voy a dejar que este ni nadie me la arrebate.

Teresa miraba a su padre con la boca abierta, sin saber cómo reaccionar.

—Es la única manera, Tere. Estamos hasta el cuello de deudas, impuestos atrasados, tarjetas de crédito… Hace años que quiero vender el campo, pero es imposible. Me darían monedas. Esta tierra es un desierto y vos la querés así porque encontrás dinosaurios. Pero a nosotros apenas nos da unas toneladas de sal que vendo a precio de risa.

—¿Cuál es el plan, entonces? ¿Que Juan prepare el cráneo durante medio año en esta pocilga y después venderlo al mejor postor?

—Medio año, no. Un mes —intervino Lavalle.

—Juan, por Dios. En un mes es imposible.

—Con dejar expuestos los huesos exteriores es suficiente. El comprador se encarga de contratar a alguien para que vacíe las cavidades internas, que es lo que lleva más tiempo.

—No. Esto es una locura —Teresa me miró con lágrimas rodando por sus mejillas—. No los reconozco. Son mi papá y Juan y no los reconozco.

Los dos hombres la miraron compungidos, pero ninguno habló.

—Papá, vos sabés perfectamente que esto es un delito. Podés ir preso.

—Mirá dónde vivimos, hija. Ya estamos presos. Si nos vamos, Valle Precioso se cae a pedazos igual que se cayó esto cuando se fueron los López. Estamos constantemente paleando arena. Los techos se vencen, los frutales se secan, las ovejas se mueren y ningún partido político hace nada. No puedo más. Necesito dejar de remar, aunque sea por un segundo.

—Tenés que buscar otra manera.

—¡No hay otra manera! Si sólo fuéramos tu madre y yo, todavía. Somos viejos y estamos cansados. Pero también está tu hermano a punto de formar una familia. Germán es un calco de lo que era yo hace treinta años: tiene empuje, no le hace asco al trabajo y le encanta el campo. Pero a él le tocó una realidad mucho más dura. Vos siempre decís que si a mí me sacás del campo, me matás. ¿Y a él? El campo no sólo es donde está feliz, sino donde se curó. Hoy por hoy no es capaz de aguantar más de tres días en Sarmiento que ya se quiere volver.

Estévez miró fijamente a su hija. Tenía los ojos brillantes, y supuse que eso para él era equivalente a llorar a mares.

—Decime que estoy equivocado. Mirame a los ojos y decime que tu hermano no está condenado a una vida de porquería. Salí ahí afuera, agarrá un puñado de arena y asegurame que de ahí algún día va a salir pasto para que coma una oveja. Si sos capaz de decirme eso mirándome a la cara, tiro todo para atrás.

Teresa se quedó en silencio, secándose las lágrimas y sorbiéndose la nariz.

—Papá, yo no quiero que termines en la cárcel.

—Y yo no quiero que mi nieto se críe en un lugar como este.

—Germán y yo le tenemos mucho cariño a este lugar —dijo Teresa.

—¡No! —rugió Estévez—. Ustedes le tienen cariño a lo que fue este lugar. A su infancia. A mamá haciendo torta fritas con dulce de ruibarbo. Pero el ruibarbo lleva veinte años muerto y las pocas veces que mamá hace tortas fritas, la grasa viene de un supermercado a sesenta kilómetros y no de nuestras propias vacas.

Recordé una canción de Joaquín Sabina que aconsejaba no volver a los lugares donde habíamos sido felices. Teresa nunca se había ido del todo y al mismo tiempo parecía estar tratando de volver.

—La única alternativa es mudarnos —continuó su padre—. Un campo fértil, con agua, vale por lo menos cuatrocientos mil dólares. ¿De dónde vamos a sacar nosotros esa plata?

—Ya tenemos un comprador para Bartolo en Estados Unidos —explicó Lavalle—. Nos ofrece entre quinientos y seiscientos mil, dependiendo del estado de conservación. Y, a medida que avanzo, descubro que está perfecto. ¿Querés verlo?

Lavalle hizo un gesto hacia la mesa de trabajo. Me imaginé que Teresa reaccionaría con indignación y gritos, pero se acercó al cráneo arrastrando los pies. Su semblante reflejaba un desconcierto profundo, como el de un anciano que, debido a la demencia, encuentra extraño a su entorno más íntimo.

En los siete días que habían pasado desde la desaparición del bochón, Juan Lavalle había avanzado más de lo que yo creía posible, sobre todo porque se había pasado la mitad del tiempo con nosotros. Lo que hacía una semana era un maxilar y unos dientes aflorando en la roca, ahora era medio cráneo relleno de sedimento. Había algunas grietas en los huesos y faltaban pequeñas partes, pero incluso yo podía ver que se trataba de una pieza excepcional.

—Está muy completo —dije, para romper el silencio incómodo.

—De la parte que está descubierta, hay más de un noventa por ciento. Eso en paleontología es como ganarte la lotería.

Teresa miraba los huesos, pero también pasaba los dedos por la cáscara protectora de yeso. Parecía preocuparle más que no se hubiera dañado en el traslado que lo que tenía dentro.

—¿Quién lo trajo hasta acá?

—Yo —dijo Lavalle—. Con ayuda de tu padre.

—Mentira —reaccionó Teresa—. Vos estabas en tu carpa cuando se lo llevaron.

El hombre sacó su teléfono, tocó la pantalla un par de veces y el aparato comenzó a emitir ronquidos.

—Sara siempre se quejaba de que yo roncaba, y yo le discutía que no. Era un juego que teníamos. Hasta que un día me grabó. Y sí, ronco. Así que me grabé una noche entera.

—¿Y las falanges con las pistas?

—Teníamos que desviar la atención.

—¿De quién son esos huesos?

Lavalle respondió sin levantar la vista del fósil.

—De Sara.

Teresa se giró hacia la pared y vomitó. Cuando su padre le puso una mano en el hombro, ella ni siquiera intentó rechazarla. Estaba inmóvil, con la mirada perdida en el suelo.

—Hija, escuchanos, por favor.

Entonces, nos contaron una historia.

CAPÍTULO 64

Trelew, Chubut, Argentina, noviembre de 2019.

Estévez tarda cinco horas y media en llegar desde Valle Precioso al MEF en Trelew. Ha sido un viaje duro, en el que ensayó mil veces lo que tiene que decir.

Entra al museo, el lugar donde su hija Teresa trabaja desde hace cinco años. Sin embargo, sabe que en este momento Teresa está en una campaña en Río Negro y que no van a cruzarse.

Un chico detrás del mostrador semicircular lo saluda con amabilidad, dispuesto a cobrarle la entrada.

—Soy Anselmo Estévez. Vengo a ver a Juan Lavalle.

El muchacho no parece saber de quién le hablan. Levanta el teléfono y le pregunta a alguien si en el museo trabaja algún Juan Lavalle. Finalmente sonríe, asiente y le dice a Estévez que Lavalle baja enseguida.

El desconcierto inicial del muchacho no le sorprende. Sabe que no ha reconocido el nombre porque Juan Lavalle está a préstamo en el MEF. Quería volver a trabajar, pero todavía no tenía el valor para regresar a su laboratorio en la universidad de Comodoro, donde cada estante está poblado de recuerdos compartidos con Sara. Entonces Teresa lo invitó a hacer una estadía corta en Trelew.

Dos minutos después, una puerta con un cartel de prohibido pasar se abre y Lavalle aparece en el vestíbulo, entre grandes columnas que rodean a un huevo de dinosaurio. En dos años ha envejecido más de lo que Estévez se esperaba.

De todas las palabras que ha ensayado en el camino, no le sale ninguna. Tampoco hace falta. En cuanto Lavalle lo ve ahí, sabe a qué ha venido. Y Estévez sabe que lo sabe. Entonces se limita a abrir los brazos y dejar que su amigo se aferre a él y llore sobre su hombro.

Las palabras de Lavalle salen quebradas por la tristeza y amortiguadas por el hombro de Estévez, del que no despega la cara.

—¿Dónde estaba?

—Cinco kilómetros al noroeste del dinosaurio. La encontró Rogelio.

El llanto de Lavalle retumba en el museo. Una niña que acaba de entrar pregunta qué le pasa a ese señor. Su madre la empuja por los hombros para que pase a la primera sala de exhibiciones.

—Busco mis cosas y vamos —dice Juan Lavalle y vuelve a internarse en el museo.

Mientras Estévez espera, repara en que cada una de las columnas que lo rodean tiene escrita una breve biografía. Egidio Feruglio, José Bonaparte, Florentino Ameghino... La vida de cada uno de los grandes paleontólogos argentinos está plasmada en el hormigón. Se imagina que algún día le dedicarán una columna a su amiga Sara Lombardi y la idea le causa rechazo. No porque Sara no lo merezca, sino porque reducir una vida a tres párrafos le parece criminal.

CAPÍTULO 65

Estancia Valle Precioso, Chubut, Argentina, noviembre de 2019.

—Es ahí —dice Rogelio Ledesma desde el asiento del acompañante—. Clavé ese palo de tamarisco para señalar el lugar.

Lavalle se baja con la camioneta aún en marcha, corre hacia el palo y se pone en cuclillas.

Aparta con suavidad puñados de arena hasta que sus dedos se topan con algo duro. Va descubriendo poco a poco lo que está enterrado, como lo ha hecho mil veces, sólo que la sensación que lo invade esta vez no es de entusiasmo sino de dolor.

La arena está suelta. Lavalle tarda muy poco en dejar al descubierto un cráneo humano. Reconoce en él los dientes de su mujer. Eran unos dientes preciosos, parejos y blancos que ahora, con el tiempo y la desaparición de las encías, se han vuelto alargados y opacos. Así y todo, no le caben dudas. Es Sara.

Algo en su interior se resiste a aceptar la verdad. Prefiere la herida sin cerrar que le causa la Sara desaparecida que el mazazo certero de la Sara muerta. Y aunque Lavalle lleva tiempo convencido de que su esposa falleció en esa tormenta de arena —si no, jamás habría dejado de buscarla—, hasta hoy había un pequeño rincón en su corazón en el que permitía que la incertidumbre se confundiera con esperanza.

Acaricia el maxilar y sigue quitando arena hasta descubrir las vértebras del cuello. La estocada final llega cuando encuentra la cadena de oro con un colgante en forma de saurópodo que le regaló para el décimo aniversario de casados.

Se imaginó tantas veces que la encontraría así, que le parece un *deja vú*. Tiene la sensación de que no es la primera vez que llora en medio de la meseta, arrodillado junto a los huesos de Sara.

Piensa en lo que va a pasar cuando reporten esto a la policía. Vendrán de la científica, desenterrarán a Sara como una versión grotesca de las muchas excavaciones que ella ha liderado, y se llevarán sus huesos para examinarlos.

Pero la exhumación del esqueleto de Sara tendrá un objetivo diametralmente opuesto a la excavación de un dinosaurio. Cuando se desentierra un fósil, de alguna manera se lo está volviendo a la vida. Algo que hasta ese momento no existía cobra entidad. En cambio, desenterrar a Sara sólo servirá para declararla muerta para siempre. Y después, volver a enterrarla.

Suelta el colgante y tapa con arena los huesos que ha dejado al descubierto. Cuando levanta la cabeza, ve que Estévez y Ledesma se han puesto de espaldas a él, del otro lado de la camioneta, para dale algo de intimidad.

—¿Quién más sabe de esto? —les pregunta.

—Nosotros tres —dice Estévez—. Ni siquiera se lo conté a Manuela.

—¿Vos, Rogelio?

—A nadie. Ni al patrón.

—Quiero dejarla acá.

—¿Así, a la intemperie? —pregunta Ledesma.

—Así, como está.

—¿Y si el viento desentierra los huesos? ¿O si viene una lluvia fuerte y se los lleva?

Lavalle recuerda una charla con Sara, varios años atrás. Ella estaba en la cama leyendo un cuento en el que una mujer le pedía a su pareja que el día que muriera no la enterraran ni la cremaran, sino que la hicieran compost. A él la idea le había parecido un poco macabra, pero Sara había defendido al personaje.

—Es una hippie a la que le encanta todo lo natural —había dicho ella—. Me parece bien que quiera transformarse en abono para la tierra. A mí, por ejemplo, me gustaría terminar fosilizada.

Lavalle sabe que el cuerpo de Sara empezó bien el proceso.

—Sara tiene una posibilidad en un millón de que se cumpla su deseo —les explica—. No pienso arrebatársela. ¿Cuánta gente muere y termina sepultada en un ambiente seco y con pocas bacterias? Muy poca.

Estévez y Ledesma están a punto de decir algo, pero él se les adelanta.

—La vamos a dejar acá —sentencia—. Eso es lo que ella hubiera querido. Y también es lo que querría yo si me pasara a mí.

—¿No creés que la familia necesita saberlo? —pregunta Estévez.

—Su madre ya no reconoce a nadie, y su hermana, que vive en España, lleva un año insistiéndome en que pase página. Para ella está clarísimo que Sara murió el día de la tormenta y no necesita confirmación.

—¿Y tus hijos?

—El día que sean mayores, los traeré acá, les contaré la verdad y entre los tres decidiremos qué hacer.

Estévez vacía los pulmones haciendo ruido por la nariz. Parece que se le han acabado los argumentos.

—Bueno. Si es lo que vos querés, contá con mi silencio.

—Con el mío también —agrega Ledesma.

Lavalle les sonríe a ambos a modo de agradecimiento. Antes de subirse a la camioneta, mira la arena que tapa los huesos y le tira un beso con la mano.

Si su garganta le permitiera hablar, también pronunciaría un «te quiero».

CAPÍTULO 66

Estancia Valle Precioso, Chubut, Argentina, agosto de 2021.

Solo, al volante de su camioneta, Juan Lavalle atraviesa la meseta por un camino que tiene grabado a fuego. Sin embargo, como sabe que los cerebros pueden fallar, cuenta con otras tres formas de encontrar el punto al que se dirige: un mapa de papel, unas coordenadas de GPS y un cuaderno con indicaciones del estilo «después de la piedra con forma de cara de gato, el siguiente camino a la izquierda».

Por deformación profesional, Lavalle registra cualquier punto de coordenadas en varios soportes. Y si lo hizo durante décadas con dinosaurios, ¿cómo no iba a hacerlo con el lugar que más le importa en el mundo?

No ha vuelto a la tumba de Sara desde hace más de un año y medio, cuando Estévez y Ledesma lo condujeron hasta ella. Desde entonces, ha hecho el camino cinco veces, pero en todas se ha detenido a doscientos metros, en cuanto identificaba el lugar. Quería asegurarse de poder encontrarlo, pero una presión en el pecho le impedía acercarse más.

Hoy sí se atreve. Detiene la camioneta y hace los últimos cincuenta metros a pie. Como si quisiera distraerse para no pensar en lo que realmente importa, se fija en lo distinta que está la poca vegetación que hay alrededor. Casi todos sus viajes al campo han sido en verano. Ahora, en pleno agosto y con el invierno cerrando los días a las cinco de la tarde, las matas aguantan como pueden. El viento, que hoy sopla fuerte y frío, apenas mueve los retorcidos tallos, endurecidos a base de años de crecimiento lento. Las hojas, pequeñas y afiladas, protegen yemas latentes que juntarán durante meses el valor para florecer.

Conforme se acerca, busca la estaca de tamarisco que clavó Rogelio un año y medio atrás, pero no la ve. Quizás si Lavalle hubiera aceptado la sugerencia de cruzarle otra vara para formar una cruz, ahora sería más fácil de encontrar. Pero su mujer era atea y no hubiera querido una tumba cristiana.

Quizás el palo está tirado en el suelo. A lo mejor el viento lo voló o algún animal lo tumbó al usarlo para rascarse. No, ahí está, sólo que ahora apenas asoma cinco centímetros. El médano ha crecido más de un metro desde la última vez que vino.

—Hola mi amor. Vas bien. Ahora sólo te faltan nueve mil novecientos noventa y siete.

Sonríe. Sara habría apreciado el chiste. Diez mil años son la cota mínima que los científicos creen necesaria para que un esqueleto se fosilice.

—Tengo un dilema —dice, mirando la arena—. Anselmo y su familia ya no pueden más. Están hasta arriba de deudas. Para colmo, Germán acaba de anunciar que su novia está embarazada.

El viento cobra aún más fuerza. Lavalle levanta la voz, como si su mujer realmente estuviera escuchando.

—Hace un par de semanas a Anselmo le ofrecieron comprarle el cráneo de Bartolo. Sería para un coleccionista de Estados Unidos. Con lo que le pagarían, los Estévez se pueden comprar un campo al oeste del lago.

Lavalle hunde la mano en el suelo y siente la presión fría de los millones de granos de sílice.

—¿Qué es lo correcto, mi amor? ¿Ser fiel a los amigos o a la profesión?

Una ráfaga violenta le llena los ojos de arena. Juan se pone de cara al aire y lucha por abrir los párpados usando cada musculo de su cara. Siente que le pasan una lija por las córneas.

—¡Dale, hijo de puta! —grita—. Dale más fuerte. Enterrame acá. Me harías un favor.

Como si el viento aceptara el desafío, se vuelve más intenso y obliga a Juan a desviar la cara. Las lágrimas que sus ojos secretan para protegerse de la arena se mezclan con las de tristeza.

En aquel momento se olvida de sus dos hijos, de los Estévez y de cualquier dinosaurio. Se tumba en el suelo, junto a su mujer, deseando que el viento se haga aún más fuerte y lo entierre como ha enterrado a Sara y a tantas casas, árboles y animales en los últimos veinte años. Pero sabe que aquello es poco probable. El daño grueso lo hace el aire constante, que cada día deposita un poco de sedimento sepultándolo todo lentamente. Las tormentas de arena en las que muere gente son tan inusuales como que te parta un rayo.

En unos minutos, la velocidad del aire vuelve a ser tolerable. Juan Lavalle se sienta en el suelo y mira la tumba de Sara. Algo blanco le llama la atención. Es una falange suelta, desconectada. Quizás un animal o la arena al moverse haya desarticulado los huesos. Se pregunta si el resto del esqueleto también se habrá movido. Comprende, dentro de lo humanamente posible, lo increíblemente poco que es una posibilidad en un millón.

Escarba un poco con cuidado y descubre otras tres falanges. Se pone las cuatro en la palma de la mano y las observa de una manera muy distinta a como ha escrutado miles de huesos a lo largo de su carrera. Tiene ahí un pedazo de lo que fue su mujer. Un testimonio de lo efímera que es la felicidad.

Cuando está a punto de volver a enterrarlos, se pregunta cómo imaginaría un paleontólogo del futuro a Sara a partir de sus huesos. Así como los investigadores del presente desconocen el color de piel de un dinosaurio, los del futuro no podrán saber que los ojos de esa mujer, perfectos como almendras, eran capaces de convencer de cualquier cosa a un hombre llamado Juan Lavalle. Ni que su temperatura era la más agradable de todas. Ni que su risa podía despejar las nubes de un mal día.

Una posibilidad en un millón. El tiempo tendrá la última palabra. Y aunque a la hora de la verdad Lavalle ya no estará vivo para verlo, no le importa. A base de trabajar cada día con seres de hace millones de años, su escala temporal es muy diferente a la de la mayoría de las personas. Sabe muy bien que, si reducimos la historia del planeta a un día, los humanos llevamos en él apenas un minuto y diecisiete segundos.

Pensar en todo esto hace que algo cambie en su perspectiva. Podría decirse que tiene una idea, pero no sería exacto. Una epifanía, tampoco. Si él tuviera que definirlo, diría que es como si se hubiera quitado los anteojos de sol y de repente pudiera ver todo con más claridad.

Su dilema entre ayudar a Estévez y respetar su deontología de paleontólogo sólo existe como consecuencia del corto tiempo del que dispone sobre la Tierra. Sin esa restricción, no tiene por qué elegir.

Actúa rápido, antes de que una voz en su cabeza le diga que lo que se le acaba de ocurrir es una locura. Se guarda las falanges en el bolsillo de la camisa, a pocos centímetros de su corazón, mientras le pide permiso a su mujer.

Permiso.

No perdón.

Porque está seguro de que Sara en su lugar habría hecho lo mismo.

CAPÍTULO 67

Cuando Lavalle terminó el relato, Teresa tenía los ojos más abiertos de la cuenta, como si eso le ayudara a pensar. Miraba el cráneo, pasaba el dedo por el hueso de piedra, y de tanto en tanto observaba los rincones polvorientos del galpón.

—Esto es una locura, lo mire por donde lo mire —dijo al fin—. No tiene sentido. ¿Por qué ir dejando pistas? Con robar y vender el cráneo hubiera sido suficiente. Lo de los huesos es perverso.

—¿Me das la oportunidad de explicártelo, por favor? —le preguntó Lavalle.

Teresa se encogió de hombros.

—Vamos por partes. Decidí dejar esas notas porque alguien tiene que poner sobre el tapete lo que está pasando con el Colhué Huapi. Si ese lago no estuviera seco, Sara no estaría muerta. Ni tu padre y yo habríamos robado el cráneo.

Teresa abrió la boca para retrucar, pero Lavalle levantó una mano pidiéndole que no lo interrumpiera.

—Hacía años que Sara y yo mencionábamos el problema del Colhué en cuanta entrevista nos hacían. Pero no hace falta que te diga que los periodistas nos dedican a los paleontólogos una página por año.

Con su última frase, Lavalle me señaló a mí. No dije nada, porque tenía razón.

—Cuando Sara descubrió este cráneo tan grande, una de las primeras cosas que me dijo fue que era una buena oportunidad para dar visibilidad al problema del Colhué. Ella era así de generosa. Su carrera iba a dar un salto enorme y Sara pensaba en usar sus cinco minutos de fama para ayudar.

Teresa parpadeó, y de cada ojo rodó una lágrima.

—Si robábamos el cráneo y sólo dejábamos unas notas, corríamos el riesgo de que la historia que contaran las Elis, Nahuel y muchos otros girara únicamente en torno al dinosaurio. Cuando Sara desapareció hablaron de la tormenta de arena, pero casi nadie explicó la causa de esa tormenta. Unos pocos mencionaron, al pasar, un lago que se seca. Por eso decidí usar esas pistas para poner en primera plana el problema del Colhué. Y los huesos de Sara para darles fuerza. Si se relacionaba el robo del dinosaurio con la desaparición de una persona, quizás por fin le darían al lago la importancia que merece.

Lavalle hizo una pausa para mirar a Teresa. Supuse que buscaba un atisbo de comprensión, pero ella le devolvió una expresión de ojos fríos y labios apretados.

—Queríamos que todo el mundo hablara de lo que está pasando —intervino su padre—. Para que alguien haga algo de una puta vez. No puede ser que a nadie le importe que donde había un vergel hoy haya un desierto.

—Ah, claro —dijo Teresa—. Seguro que un buen reportaje basta para que las petroleras cierren pozos por conciencia ecológica. O que dos ciudades renuncien al agua de sus cocinas y sus baños.

—Por supuesto que no —replicó Lavalle—. Pero no se le puede encontrar solución a un problema que se desconoce. Hay que hablar del tema. Por eso en las pistas hay alusiones a la sequía del Colhué.

Repasé mentalmente las notas que habíamos encontrado.

No hacía falta que ella muriera. ¿Cómo llegarás al viento y a la luna? ¿En moto? ¿En barco?

La primera hacía referencia a un lugar al que hoy se podía llegar por tierra pero antes no, debido a la sequía.

No es normal que se trague por igual al del yugo y al pájaro de hierro.

La segunda se refería a la ciénaga en la que se había convertido el lago a raíz de la sequía.

Esto sigue lejos de acá. A los pies del lagarto más pesado no hay sólo arena seca.

La tercera hablaba del *Epachthosaurus*, un dinosaurio encontrado no muy lejos del Colhué Huapi, y literalmente mencionaba «arena seca».

¿No le falta algo al dinosaurio que vivió donde la gravedad es menor?

La cuarta no encajaba. Se refería a un dinosaurio a mil kilómetros que, según mi entender, no tenía nada que ver con la región.

—Salvo la última —aclaró Lavalle—. En algún momento había que tirar la pelota afuera para que la policía se alejara de esta zona.

Entendí entonces que, a diferencia de las pistas sobre Fabiana Orquera que me habían dejado hacía diez años, estas no estaban orientadas a descubrir una verdad, sino a ocultarla.

—¿Entendés, Teresa? Cuando estas notas y lo de los huesos trascienda, será imposible que los medios hablen del robo y de la desaparición de Sara sin mencionar lo que pasa con el Colhué Huapi.

Teresa, que ahora escuchaba a Lavalle con los ojos puestos en el cráneo, negó con la cabeza.

—¿Cómo podías estar seguro de que la policía no iba a registrar este campo?

—Estamos hablando de miles de kilómetros cuadrados. Ni la Federal tiene recursos para tanto. Además, al llegar al asfalto dejamos huellas claras hacia el oeste. El acceso a este campo está al este del alambrado cortado.

—El acceso a Valle Precioso también está al este y sí lo registraron.

—Valle Precioso está habitado, el dinosaurio se encontró ahí, la paleontóloga que lidera el proyecto es la hija del dueño y el hijo estuvo preso dos veces. ¿Cómo no lo iban a registrar?

—Yo no sabía que Germán estaba vendiendo fósiles —añadió Estévez—. Si la policía hubiera descubierto eso, habría sido una desgracia.

—Tuvimos suerte —apuntó Lavalle—. No se esmeraron demasiado en mirar lugares donde un bochón de dos metros no cabía por la puerta, como la casa de Germán.

—Mendizábal también se comió un allanamiento —dijo Teresa—. ¿Él también está metido en esto?

—No —dijeron Estévez y Lavalle al unísono.

—¿Entonces por qué lo citaste en Comodoro la noche del robo?

—Porque todo el mundo en la zona sabe que colecciona fósiles. Y porque los paleontólogos estaban acampando en su campo. ¿Te pensás que no iban a sospechar de él?

—Valentín siempre fue un excelente vecino —dijo el padre de Teresa—. No queríamos arriesgarnos a que lo incriminaran.

—Por eso lo cité en Comodoro. Tanto en la estación de servicio como en el hotel hay cámaras que le dan una coartada sólida.

De ser cierta la historia que nos estaba contando, Lavalle era una especie de Robin Hood patagónico. No sólo había cometido un delito por una buena causa y mandando un mensaje de protesta, sino que además se había ocupado de proteger a un inocente.

—¿Ledesma?

—Nos ayudó con su silencio. Nada más. Ni siquiera pasamos frente a su casa esa noche.

—¿Por qué no le dieron una coartada como a Mendizábal?

—Porque la policía nunca iba a sospechar de Ledesma. A un peón de campo le queda grande un robo millonario.

Ni Teresa ni yo cuestionamos el razonamiento. El estereotipo del trabajador rural, forjado a base de prejuicios, sólo es compatible con crímenes de sangre o abusos sexuales. Para la sociedad patagónica, el guante blanco no encaja con las espuelas.

—Además —agregó Estévez—, vos sabés que es difícil que un peón abandone el campo, sobre todo si el patrón no está. Habría levantado más sospechas que otra cosa. Por eso nos limitamos a no pasar por su casa, para que cuando la policía le preguntara si vio o escuchó algo, no tuviera que mentir.

Decidí intervenir, porque había una pregunta que ya no podía aguantar.

—Pero las pistas y los huesos los convertía a ustedes también en sospechosos, ¿no? Por culpa del lago seco los dos perdieron algo muy importante.

—De los Estévez y de mí iban a sospechar de cualquier manera —explicó Lavalle—. La única forma de librarnos era hacer que las pistas apuntaran tan directamente a nosotros que resultara improbable que fuéramos culpables. Los huesos hacia mí y las referencias a la sequía, a tu papá. Además, quedaba planteada la posibilidad de que no hubiese sido sólo un robo, sino también un juego. Al fin y al cabo, un ladrón que deja pistas es porque quiere jugar. Ni el viudo de la paleontóloga ni el estanciero que lo está perdiendo todo encajan con ese perfil.

—Gran parte de la idea nos la dio tu libro —agregó Estévez.

CAPÍTULO 68

Teresa negaba con la cabeza una y otra vez.

—¿El cuerpo de Sara apareció hace un año y pico y nadie fue capaz de decírmelo? Yo quería a Sara como si fuera una tía, y vos los sabés muy bien, Juan. Y vos, papá... ¡Soy tu hija!

—Te lo íbamos a decir a su debido tiempo —respondió Estévez, mirándola a los ojos.

—¿Qué carajo significa eso? ¿Cuándo es su debido tiempo?

Lavalle levantó la mirada y habló como si cada palabra le arañara la garganta.

—Profané la tumba de mi mujer para ayudar a un amigo. Un amigo tanto mío como de ella. Conociendo a Sara, habría estado de acuerdo. Ella quería a tus padres con locura, igual que a vos y a Germán.

—No lo puedo creer —dijo Teresa, con los hombros caídos—. Es como si el Juan que yo conozco y vos fueran dos personas diferentes.

—¡Basta! —gritó Lavalle dando un golpe en una de las paredes de chapa—. ¿Creés que es fácil hacer algo así?

Lavalle hizo una pausa para recobrar el aliento. Su respiración se había acelerado y tenía los puños apretados.

—Nunca te hubiéramos pedido que te metas en esto, Teresa —intervino su padre—. Sabemos que para vos tu profesión es sagrada. Sos joven y tenés ideales fuertes. No habrías accedido a algo así.

—Eso no lo vamos a saber nunca —respondió Teresa.

—Lo vamos a saber muy pronto —la corrigió Lavalle—.

Ahora todo está en tus manos y en las de Nahuel. Ustedes pueden callar y ayudarnos o hablar y que se acabe todo. Van a tener que tomar esa decisión.

—Yo apoyo lo que decida Teresa —anuncié, aunque nadie pareció registrar mi respuesta.

—Seguimos siendo los mismos, Tere —dijo Lavalle—. No somos dos monstruos. Somos dos personas que te quieren con locura. Quizás no entiendas lo que estamos haciendo, pero, por favor, dejanos seguir.

—Juan, hablás como si no supieras que ese dinosaurio fue el descubrimiento más importante que hizo tu mujer. Si lo vendés a un coleccionista, es como si nunca hubiese existido.

Lavalle negó con la cabeza.

—Todo, absolutamente todo sobre el hallazgo está documentado. Además, en cuanto el fósil esté preparado, el comprador me va a enviar un modelo tridimensional que voy a publicar de manera anónima en internet. Va a estar disponible para toda la comunidad científica.

—¿Qué paleontólogo le va a dar credibilidad a unos dibujos sin que haya un fósil de verdad que los respalde? No tiene ningún sentido.

—¡Por supuesto que lo tiene! Y lo verías si fueras capaz de bajarte por un segundo de tu propio ego.

—¿Mi ego? ¿Qué tengo que ver yo con todo esto?

—Que no sos capaz de ver más allá de tu nariz. La mayoría de los fósiles importantes de colecciones privadas, tarde o temprano terminan en un museo. El comprador o sus herederos entran en razón o se aburren de tener en casa un adorno aparatoso. Es cuestión de tiempo hasta que la ubicación del cráneo se filtre, llegue a oídos de la comunidad paleontológica, y la Argentina tome acciones diplomáticas para recuperarlo. Igual que el año pasado repatriaron el huevo con el embrión fosilizado, algún día van a repatriar este cráneo.

Recordé la anécdota del huevo que Teresa me había contado el día que desapareció Bartolo.

—Cuando Bartolo vuelva, igual que volvió ese huevo, se

podrá estudiar perfectamente. Todo está minuciosamente documentado por Sara, por vos y por mí.

—Para eso pueden pasar generaciones, Juan.

—¿Y qué son unas generaciones comparadas con los sesenta y siete millones de años que lleva esperando ese cráneo? Lo único que cambia es que no vas a ser vos quien lo estudie y termine firmando el artículo científico. ¿Eso te molesta?

—¡Por supuesto que me molesta!

—Muy bien. Te presento a tu ego. Ahora es el momento de decidir si te quedás con él o con nosotros.

CAPÍTULO 69

Puerto Deseado, Santa Cruz, Argentina.

Las cajas de madera con sal normalmente tienen un metro cúbico. Sin embargo, las de este cargamento son tres veces más grandes.

El oficial de aduanas le pide al empleado de la naviera que abra la tapa de la caja. Debajo del abrigo, Greg Dowding transpira a pesar del viento frío que corre en el puerto. El exportador al que contrató, a su lado, permanece impertérrito. Fue una buena decisión no decirle lo que hay dentro.

El empleado de la naviera descorre la tapa descubriendo una superficie blanca como la nieve.

—Crucemos los dedos para que mis compatriotas no descubran que la sal de Estados Unidos sala igual a la de cualquier parte del mundo —dice Dowding con tono cómplice.

Las sonrisas de los tres hombres le confirman que la frase le ha salido bien. La ha tenido que ensayar varias veces frente al espejo, porque su nivel de castellano no da para tanto.

El empleado de aduanas observa la sal durante dos segundos y asiente. El de la naviera recoloca la tapa de la caja y la remata con varios clavos. Después sigue una coreografía perfectamente aceitada. El de la aduana pega cuatro precintos numerados, el de la naviera hace una llamada por radio, aparece un operario en un montacargas que levanta la caja y la mete en un contenedor en el que ya no cabe nada más, el de la naviera cierra la puerta y el de aduanas le pone un precinto metálico que sólo volverá a abrirse cuando llegue al puerto de Houston, en Estados Unidos.

Eric Dowding ha visualizado este momento durante meses, pensando en todo lo que podía salir mal. Sin embargo, parece que el plan es sólido. Nadie se ha dado cuenta de que dentro de la sal hay un huevo de yeso de dos metros de largo.

A la salida del puerto, Dowding se despide del exportador y se va caminando en dirección al centro de Puerto Deseado. Se palpa el bolsillo y sonríe. No le ha hecho falta gastar ni uno de los cinco mil dólares que tenía reservados para comprar silencios.

Entra a la única licorería del pueblo y elige una botella del mejor whisky que tienen a la venta. Ninguno de los que hay en el hotel está a la altura de lo que celebrará dentro de tres horas.

Vuelve al hotel, un edificio de piedra construido encima de los acantilados que se descuelgan sobre el puerto. Sin pasar por su habitación, va directo al bar y se sienta a una mesa junto a la ventana. Desde allí puede ver las grúas y el puente de mando del barco portacontenedores en el que se irá la sal.

Pide un café. Después otro. Los minutos se convierten en horas.

Cuando va por el cuarto, el barco comienza a moverse. Sale del bar y camina hasta el pequeño muro de piedra que separa el estacionamiento del hotel de los acantilados. Desde allí, con el aire frío lamiéndole la cara, observa mientras la mole de acero da una vuelta de ciento ochenta grados en el agua azul de la ría y sale hacia el mar guiada por un pequeño práctico que a su lado parece una cáscara de nuez.

El barco se hace cada vez más pequeño. Para cuando el práctico regresa a puerto habiendo cumplido su misión, la cuadrícula multicolor de contenedores es apenas un punto marrón en el horizonte.

Eric Dowding vuelve a su mesa, apoya sobre ella la botella de whisky y le pide al mozo un vaso. El joven empleado le dice, de manera educada, que no puede consumir bebidas compradas fuera del hotel. Dowding sonríe y pone tres billetes de cien dólares sobre la mesa. Dos minutos más tarde, el muchacho le está sirviendo el whisky en un vaso ancho decorado con rombos esmerilados.

Dowding levanta la bebida hacia el barco, que ahora se pierde en el horizonte. Cierra los ojos, toma un trago y sonríe.

CAPÍTULO 70

Dicen que lo que nos pasa en la vida es consecuencia de una serie interminable de decisiones. Muchas son pequeñas y tienen un efecto pequeño, como elegir qué cenar. Otras parecen insignificantes y traen consecuencias devastadoras, como dar ese paso sin mirar al costado justo antes de que pase un camión. Pero son muy pocas aquellas situaciones en las que tenemos claro que nos encontramos frente a una disyuntiva importante y que, tomando un camino u otro, iremos hacia una vida muy diferente.

Tener un hijo. O no.

Mudarte a otro país. O no.

Ayudar a tu familia yendo en contra de todos tus principios. O no.

Sé que aquella tarde, en ese galpón de esquila abandonado, Teresa fue plenamente consciente de que se enfrentaba a una decisión así.

—¿Qué vas a hacer, Teresa? ¿Nos vas a denunciar? —le preguntó su padre, repitiendo de manera más clara lo que acababa de insinuar Lavalle.

En el galpón no volaba una mosca. Teresa tenía la mirada puesta en el cráneo del dinosaurio. Si para mí, que desconocía por completo el mundo de la paleontología, era un espécimen especial, no podía ni imaginarme lo que representaría para ella. No sólo el reconocimiento mundial a nivel académico, sino también la satisfacción de haber completado el trabajo de Sara que tan tristemente había quedado truncado.

Después de un silencio interminable, Teresa levantó la mirada.

—A lo mejor todavía no es tarde —dijo, con una expresión a medio camino entre el asombro y el entusiasmo.

—¿Qué querés decir? —preguntó Lavalle.

—¿Qué decía Sara siempre que le preguntaban si se ganaba bien buscando dinosaurios?

—Que no te metieras en esto por dinero.

—Sí, pero no lo decía con esas palabras. Tenía una frase.

—«En esta profesión hay mucho bronce, pero poco oro».

—Exacto. Hay que usar el bronce.

—No entiendo.

—Tenemos que llamar a Jacinto y a las Elis.

A juzgar sus caras, a Estévez y a Lavalle las palabras de Teresa les resultaban tan incomprensibles como a mí.

CAPÍTULO 71

Los Ángeles, California, marzo de 2022.

El teléfono de Joseph Herrero vibra y en la pantalla aparece el nombre Eric Dowding.
—¿Qué tal va todo?
—Mal, Herrero.
—¿Qué quieres decir con «mal»? —pregunta, incorporándose en la silla—. ¿Algún problema con el envío?
—No. Como te comenté hace dos días, la caja llegó a Houston sin inconvenientes el miércoles pasado. Ahora ya sabemos que el plan de mandar el cráneo dentro de la sal funciona.

Herrero le había recalcado que no quería errores y que no reparara en gastos. Y Eric Dowding era el mejor en lo suyo. Por eso había enviado un cargamento con un bochón falso, que él mismo había preparado en Puerto Deseado, relleno únicamente con tierra. De esta manera, podían verificar sin riesgos si pasaba los controles de aduana tanto al salir de Argentina como al llegar a Estados Unidos. Si lo interceptaban, la policía haría preguntas y analizarían aquel huevo gigante buscando fósiles, drogas o cualquier otro producto ilícito. Pero sólo encontrarían yeso y tierra.

—Si el envío salió bien, ¿cuál es el problema entonces?
—Los vendedores acaban de dar marcha atrás.
—¿Cómo? No pueden hacer eso.
—Pueden. En el mercado negro no se firman contratos.

La voz de Eric Dowding se escucha lejana y a veces sus palabras se entrecortan. De vez en cuando, el zumbido del viento se cuela en la línea.

—¿Dónde estás?

—Ahora, en Puerto Deseado. Iban a traer el cráneo la semana que viene, pero acaban de avisarme que cancelan la operación.

—¿Por qué?

—El dueño del campo ha cambiado de opinión. Sus palabras textuales han sido que prefiere que el dinosaurio quede como patrimonio de su país y no que termine en la mansión de un coleccionista.

—En la mansión de este coleccionista estaría mucho mejor que en cualquier museo argentino.

—Eso no lo dudo. Pero, ¿qué quieres que haga?

—Ofréceles más. Todo el mundo tiene un precio. ¿Por cuánto crees que los convenceríamos?

—Un millón. Dos, como mucho.

—Ofrece tres.

—Perfecto. Empezaré con uno y, si veo que se ponen duros, subo hasta tres.

—No. Diles tres de entrada. Lo toman o lo dejan.

Joseph Herrero nunca ha creído que los que más dinero tienen son los más tacaños. Para él, el dinero llama al dinero, y cuando uno gasta no sólo está comprando, sino también mandando un mensaje. Por eso, jamás regatea. Mientras más ceros, más poder. Y el poder, ha aprendido, es a lo que todo el mundo aspira verdaderamente. El dinero es sólo la autopista para llegar a él.

—Con todo respeto, Herrero, yo creo que tres millones de dólares es demasiado. Dirán que sí, seguro, pero terminarás gastando de más.

—Tú limítate a hacer lo que te digo. Diles tres millones y no vuelvas sin el dinosaurio.

Cuando Herrero corta la llamada, se vuelve a reclinar en su sillón y mira los altos techos de su mansión. Sabe, y su negocio de criptomonedas se lo recuerda a diario, que valoramos las cosas según el precio que pagamos por ellas. Si gasta tres, ese fósil le dará más satisfacción que si gasta uno. Pero, además, se lo refregará a Lofthouse en las narices. «Sigue con tus juicios y tus problemas de *cashflow*, mientras yo derrocho fortunas en un adorno», le dirá la próxima vez que hablen.

CAPÍTULO 72

La cámara hace un plano general de la meseta patagónica cubierta de dunas hasta detenerse en Teresa, vestida de color caqui. Junto a ella hay un enorme cráneo de dinosaurio. A pesar de que gran parte está rellena de roca, en la mandíbula se ven claramente decenas de dientes tan largos como cuchillos.

—Me llamo Teresa Estévez y soy paleontóloga —dice, mirando a la cámara—. Este es Bartolo, el dinosaurio carnívoro más grande del mundo.

En la parte inferior aparecen subtítulos en inglés.

—A Barto lo encontró Sara Lombardi, una paleontóloga experta en dinosaurios de la Patagonia que además fue mi mentora.

Detrás del cráneo se asoman dos adolescentes idénticos.

—Sara era nuestra mamá.

—Y mi esposa —dice Juan Lavalle, entrando en el plano—. Pocos días después de encontrar a Barto, Sara se perdió en una tormenta de arena.

—Así dicho, quizás no signifique mucho para vos que estás del otro lado de la pantalla —dice Teresa mirando a la cámara—. Dejame que te cuente cómo es esta parte de la Patagonia.

El plano cambia y ahora Teresa ya no está en el campo, sino en la puerta de la casa de sus padres, al lado de una pared con arena acumulada hasta el borde de una ventana.

—Esta es la casa donde me crie y donde todavía vive mi

familia.

Mientras habla, se ven imágenes del antes y el ahora. Unos árboles verdes. Los mismos árboles hundidos en el terreno, con tierra hasta la copa y las ramas secas. Una casa pintada de blanco. La misma casa con la pintura descascarada y semienterrada en dunas grises. Un coche azul reluciente. Una montaña de arena bajo la cual asoman aristas de chapa azul sin brillo.

—En tan solo sesenta años, un lago de diez veces el tamaño de Manhattan se convirtió en barro y arena.

Las imágenes continúan. Una instantánea vieja en la que unos pescadores recogen redes preñadas de truchas. La misma lancha, destartalada sobre un suelo cuarteado. Un avión enterrado en barro.

—Yo también soy paleontólogo —dice un hombre fuerte, de cara cuadrada—. En 1992 un pescador me llevó a buscar fósiles a una isla que bautizamos «La Isla de los Dinosaurios». Volví al lugar veinticinco años después, en moto.

Las fotos muestran a la misma persona, más joven, sobre una lancha y, más vieja, sobre una moto.

—El lago se seca, en gran medida, por el abuso del agua que hacen las actividades agrícolas y petroleras —explica Teresa a la cámara—. Cuando el fondo queda expuesto al viento, toneladas de arena entierran casas, alambres, árboles y aguadas. La vegetación muere y, con ella, los animales.

La cara de Anselmo Estévez aparece en primer plano.

—Y la gente del campo, como nosotros, lo pierde todo.

—Se generan tormentas de arena como la que desorientó a Sara hace cuatro años —añade Teresa.

—Sara, mi mujer.

—Sara, nuestra mamá.

—Sara, mi mentora —dice Teresa mirando a la cámara con ojos serios y a la vez tristes.

—Cuando uno está desesperado, se le ocurren soluciones desesperadas. Como el manotazo de alguien que se ahoga —dice Estévez.

—Mi padre, después de ver el trabajo de generaciones convertido en polvo, sólo vio una salida.

En el plano aparece Juan Lavalle junto a Bartolo, con la meseta de fondo.

—Este cráneo podría venderse fácilmente en el mercado negro por medio millón de dólares. Ese dinero es más que suficiente para comprar un campo al oeste del lago, sin tormentas de arena.

Se ven recortes de todos los diarios del mundo en los que se habla del dinosaurio desaparecido.

—Cometí un error —admite Estévez mirando directamente a la cámara—. Robé el cráneo con la intención de venderlo, pero mi hija me hizo ver a tiempo lo equivocado que estaba. Aunque el dinosaurio esté en mi campo, no me pertenece.

—Tuvimos suerte —añade Teresa—. Mi padre decidió devolver el dinosaurio y afrontar las consecuencias.

—Entendí que, si hubiera seguido adelante, habría manchado el nombre de toda mi familia.

—El valor más grande de los fósiles está en la información que aportan —explica Teresa—. Por eso, en Argentina son propiedad del Estado y su venta está prohibida.

—Una medida vigente en muy pocos países pero aplaudida por paleontólogos de todo el mundo —dice una mujer con acento español.

—Ojalá en Estados Unidos fuera así —comenta Harry Patt en su castellano atravesado.

—Ojalá en Suiza fuera así —dice una señora rubia.

—¡Ojalá en todo el mundo fuera así! —grita un grupo de niños en algún lugar del Caribe.

—Este dinosaurio es patrimonio de la humanidad, y de su hallazgo nos beneficiamos todos —explica Alfredo Borrás—. Pero es muy difícil darle el valor que se merece cuando no se tienen las necesidades básicas cubiertas. Y Anselmo Estévez lo ha hecho.

Nuevamente aparece en el plano Juan Lavalle.

—Por eso te pedimos que aportes lo que puedas para que

la familia Estévez tenga un lugar digno en el que continuar con su modo de vida, que lleva ya cuatro generaciones.

Se ve un mapa con los lagos Muster y Colhué Huapi en el centro y un punto rojo en el rincón superior izquierdo.

—Ya tenemos identificado un campo en la zona de Buen Pasto, y su dueño ha accedido a hacerme una rebaja considerable —dice la voz en *off* de Estévez.

—Necesitamos trescientos mil dólares —explica Teresa mirando a la cámara—. Parece mucho, pero te aseguro que hay coleccionistas privados que pagarían más por tener este fósil en el comedor de su casa.

—Ayudemos entre todos a la familia Estévez —dicen los gemelos al unísono.

—Ningún aporte es pequeño —añade Teresa—. Todo suma.

—Muchas gracias —dice Anselmo Estévez.

—Muchas gracias —dice Manuela.

—Muchas gracias —dicen Germán y Vanina, que sostienen un bebé vestido con bombacha de campo, camisa y una boina negra en la cabeza.

CAPÍTULO 73

Todos los que participamos de alguna manera en la excavación compartimos en nuestras redes sociales la campaña de micromecenazgo —o, como decía Teresa con su acento impecable, *crowdfunding*—. Poco a poco se fueron sumando científicos e instituciones relacionadas con la paleontología: desde investigadores de países remotos hasta verdaderos *influencers* de los dinosaurios; desde museos regionales hasta el Museo de Historia Natural en Nueva York. Durante días la comunidad paleontológica se vio inundada con aquel video que apelaba a la solidaridad para solucionar un problema que había estado a punto de terminar en catástrofe.

Pronto se hicieron eco los medios de comunicación, y con la publicación de un artículo en *The New York Times* gracias a los contactos de Harry Patt, la campaña llegó a ciento cincuenta mil dólares, la mitad de su objetivo, en apenas setenta y dos horas.

Campoy me envió un mensaje diciéndome que, si lo quería, mi puesto en *El Popular* estaba disponible. Me sugería que mi primer artículo fuera sobre lo que estaba pasando con Bartolo. Sin tener claro que fuera a volver, le dije que sí y escribí un reportaje sobre la campaña, para ayudar a Teresa.

Otros medios y personalidades de todo el mundo comenzaron a hablar del tema. A algunos les parecía loable y otros reprochaban que se gratificase a alguien simplemente por no robar, como había hecho yo con la chica de los pañuelitos. En cualquier caso, un gran porcentaje de la gente mostraba empatía con los Estévez y aportaba a la causa.

El día nueve, el monto recaudado alcanzó el objetivo de trescientos mil dólares.

Todavía quedaban más de la mitad de los veintiún días que había configurado Teresa para la campaña, pero la plataforma de micromecenazgo no permitía desactivarla antes de tiempo. Y aunque Teresa publicó, en castellano y en inglés, que ya no eran necesarias más donaciones, la bola de nieve tenía demasiada inercia. La gente miraba el video y decidía donar sin leer el largo texto.

Todos aprendimos durante aquellos días que, así como no puede predecirse qué se volverá viral en internet, tampoco puede pararse una vez que sucede.

Al día veintiuno, la campaña había recaudado ochocientos cincuenta y tres mil novecientos doce dólares. Más de diez mil personas e instituciones habían hecho su aporte para cambiar el destino de Anselmo Estévez y su familia con donaciones que iban desde un dólar hasta quince mil.

El día veintidós, mi bandeja de entrada estallaba con correos de colegas de otros medios preguntándome cómo contactar con Anselmo Estévez. El padre de Teresa pasó dos semanas dando entrevistas a cualquiera que lo solicitara, sin importar si se trataba de un canal de noticias con alcance nacional o una radio de pueblo.

Le preguntaban qué sería lo primero que haría al llegar al campo y él respondía que plantar unos árboles frutales que tenía en macetas. Le preguntaban también si extrañaría su vieja casa y si se arrepentía de haber robado el dinosaurio. Pero, con diferencia, la pregunta que más se repetía era qué iba a hacer con el más de medio millón de dólares que le sobraría después de comprar el campo.

La respuesta, que Estévez repitió hasta la saciedad, era siempre la misma.

—Lo voy a repartir entre las otras nueve familias que viven al este del Colhué Huapi. Y si logro vender Valle Precioso, eso también irá para ellos.

CAPÍTULO 74

Estancia Valle Precioso, Chubut, Argentina, abril de 2022.

Me sentía un intruso en un momento tan íntimo. Estévez, Manuela, Teresa, Germán, Vanina, el bebé, Lavalle, Ledesma y yo estábamos parados alrededor de un palo clavado en la arena.

—Juan, ¿estás seguro de que querés dejarla acá? —preguntó la madre de Teresa.

—Si cuento con ustedes, sí —respondió Lavalle sin levantar la mirada.

La primera respuesta fue un «por supuesto» de Rogelio Ledesma. El resto asentimos.

Con esas palabras escuetas, acabábamos de firmar un pacto de silencio para respetar el deseo de Sara, pero también para proteger a Lavalle.

Cuando él y Estévez confesaron ante la policía que tenían el cráneo, Teresa le dijo a la comisaria Benítez que no iba a presentar ninguna denuncia. Sin embargo, la policía interrogó a Lavalle con respecto al origen de las falanges, que un análisis de ADN había confirmado que pertenecían a su esposa.

Lavalle se ciñó al plan y dijo la verdad: que los había encontrado Rogelio Ledesma. Cuando la comisaria le pidió a Ledesma que la llevara al lugar, el peón la guio hasta una aguada seca a kilómetros de donde estábamos ahora. Días después, la policía volvió con perros, pero ni así pudieron dar con la verdadera ubicación de los huesos.

Teresa se aclaró la garganta para pedir la palabra.

—En Estados Unidos, cuando alguien muere, los seres queridos suelen contar anécdotas de momentos compartidos con esa persona. Yo tengo mil con Sara. Me gustaría compartir una, si me lo permitís.

Lavalle asintió con la cabeza.

—A los nueve años perdí a mi abuela, que era mi persona favorita. Fue en diciembre. El año escolar ya había terminado y yo tenía todo el verano por delante. Pasé las peores fiestas de mi vida. Pero en enero llegaron Sara y vos a buscar dinosaurios y me invitaron a pasar unos días de campamento.

—Me acuerdo —dijo Lavalle—. En ese momento no teníamos hijos y yo estaba muy preocupado de que te fuera a pasar algo. Pero Sara, que era una optimista empedernida, insistía en que iba a estar todo bien.

—Uno de esos días —prosiguió Teresa—, Sara me llevó a explorar la ladera de un barranco para buscar fósiles mientras vos cocinabas. Ahí encontré mi primer diente de tiburón fosilizado.

—Sí, y Sara no dejó que te lo quedaras.

—Exacto. Me preguntó para qué lo quería y yo le respondí: «No sé, para tenerlo». Entonces señaló la meseta y me preguntó qué hacía un diente de tiburón tan lejos del mar. Le dije que a lo mejor antes los tiburones eran terrestres.

El grupo soltó risas mezcladas con lágrimas.

—Me explicó que hacía muchos millones de años, todos estos campos habían estado en el fondo del mar. Y donde hoy volaban pájaros y corrían guanacos, habían nadado tiburones. Cuando le pregunté cómo lo sabía, me dijo que gracias a los dientes como el que yo había encontrado y otros fósiles marinos.

Teresa sonrió y se limpió una lágrima. Tomó aire y se detuvo un momento, peleando con su garganta.

—Entonces me dijo una frase que no me voy a olvidar nunca: «Si te llevás ese diente, podés perderlo. En cambio, lo que ese diente te enseña, te queda para siempre. Igual que tu abuela. Ahora sentís que la perdiste, pero todo lo que compartiste con ella sigue dentro de tu corazón».

La madre de Teresa soltó un suspiro de emoción.

—Ese día, en ese momento, supe que quería ser paleontóloga —concluyó Teresa.

Juan Lavalle la abrazó y le dio un beso largo en la mejilla.

—Sos única, piba —dijo, acariciándole el pelo—. Sara estaba muy orgullosa de vos. Y yo también.

—Le debo mucho.

Teresa miró durante unos instantes la tumba de Sara antes de continuar.

—*Custossaurus sarai* —dijo—. Ese es el nombre que le voy a poner a la especie a la que pertenece Bartolo.

—¿Qué significa? —pregunté.

—Lagarto protector de Sara.

CAPÍTULO 75

Los Ángeles, California, abril de 2022.

—Señor Estévez, ¿qué tal está? —pregunta en castellano Joseph Herrero.
—Bien, gracias —le responden del otro lado de la línea.
—Me contó Eric que rechazó la oferta de tres millones de dólares.
—Así es. Se la agradezco, pero el dinosaurio ya no está a la venta.
—Señor Estévez, todo está a la venta.
—Todo no.
—Por supuesto, y se lo voy a demostrar. Pero antes, déjeme que le diga algo. Yo vengo de la más absoluta pobreza, padres inmigrantes mexicanos, criado en un barrio horrible en las afueras de Chicago. Y, así y todo, llegué a ser el dueño de una de las empresas de criptomonedas más grandes del mundo. Estará de acuerdo conmigo en que sé un poquito más sobre el dinero que usted, ¿no?
—Supongo, porque yo no sé ni lo que son las criptomonedas. Pero pierde el tiempo, Herrero. Le dije que la cabeza de ese bicho no está en venta y no está en venta.
—Póngale un precio.
Se hizo un silencio del otro lado de la línea. Herrero sonrió y bebió un trago de whisky.
—¿Un precio?
—El que usted quiera.
—Está bien —dice Estévez.
—¿Ve? Hablando se entiende la gente.

—Llene de agua el Colhué Huapi y le doy el dinosaurio.
Herrero soltó una carcajada, pero no oyó ninguna reacción del otro lado de la línea.
—¿Me está hablando en serio?
—Por supuesto. Ese es mi precio.
—Estévez, empiezo a creer que quiere hacerme perder el tiempo.
—El tiempo decidió perderlo usted solito. Yo no soy un gran empresario, pero entiendo lo básico. Si hay cosas que no se pueden comprar, es porque no todo está a la venta. Así que usted está equivocado.
—¿Pensó en todo lo que puede hacer con tres millones de dólares? ¿O cinco? Porque, si quiere, le doy cinco.
—¿Y usted? ¿Lo pensó? Hay muy pocas personas en el mundo que crean que el mejor destino para ese dinero es comprar la cabeza de un dinosaurio.
—Soy coleccionista y rico, ninguna de las dos cosas es pecado.
—Déjeme que le haga una pregunta, Herrero. Si yo le vendo el dinosaurio ¿su colección estará completa?
Herrero piensa un momento su respuesta. Hace mucho tiempo que nadie lo desconcierta tanto como este argentino y no está seguro de cuál es la mejor estrategia para negociar con él. Opta por decirle la verdad.
—No.
—Entonces, ¿cuándo va a estar completa?
—Nunca, supongo. Siempre habrá algo que se pueda sumar.
—Por eso no puede entender que yo le diga que no. ¿Lo ve?
—No. No lo veo.
Herrero se pregunta si este energúmeno se atrevería a hablarle así si estuvieran cara a cara en su mansión, rodeado de todo lo que él construyó exclusivamente a base de trabajo duro. En vez de ponerse en su contra, este gaucho debería idolatrarlo. Él, Herrero, es la prueba de que cualquiera puede

salir adelante. De que el sueño americano sigue vivo.

—Usted cree que con dinero todo se soluciona —le dice Estévez—. Y mientras más, mejor. Si estás en la lona, como estaba yo hace siete meses cuando acepté venderle el cráneo, la plata arregla un montón de problemas, es verdad. Pero cuando tenés todo lo que necesitás, no te hace más feliz. Y si usted está dispuesto a gastar cinco palos en una cabeza de piedra es porque le falta algo.

—A mí no me falta nada. Tengo una familia preciosa, dinero, amigos.

—Pero hay una cosa que no tiene y yo sí.

—¿Qué es eso, exactamente? —pregunta, divertido.

—Suficiente —le responde el hombre—. Yo tengo suficiente y usted eso no lo tendrá nunca.

Antes de poder contestar, Herrero oye que la línea se queda muerta.

CAPÍTULO 76

Buen Pasto, Chubut, Argentina, agosto de 2022.

Antes de bajar de la camioneta, Teresa ya está llorando. No puede creer el verde que rodea la casa de chapa junto a la que ha estacionado. Hay un rectángulo de tamariscos para cortar el viento y, dentro de él, frutales adultos y saludables. Aunque no tienen hojas porque es invierno, en seis meses se cargarán de ciruelas, cerezas, manzanas, peras y membrillos. También hay arbustos de grosellas, corintos y frambuesas.

Sus padres salen a recibirla con una sonrisa. Apenas la ven, ellos también lloran de la emoción. Se abrazan los tres sin decir una palabra. Se separan, se secan las lágrimas y carraspean.

—¡Qué lugar, por favor! —exclama Teresa—. Es incluso más lindo que en las fotos.

—Gracias, hija —le dice su padre. Su madre asiente y vuelve a abrazarla.

—Gracias a ustedes. Si no me hubieran criado en Valle Precioso, nada de esto habría pasado.

En ese momento Germán sale de la casa con un teléfono en la mano. Saluda a su hermana con un abrazo y a mí con un apretón de manos. Después señala el aparato.

—Miren —dice—. La Teresita tiene más de diez mil seguidores en Instagram.

—¿Yo? —pregunta Teresa—. No puede ser.

—No, vos no. El campo.

—¿Qué campo?

—Este.

Su padre la mira a los ojos y sonríe.

—Qué menos que homenajearte poniéndole tu nombre.

Noto que a Teresa se le vuelve a hacer un nudo en la garganta. De la casa ahora sale Vanina con el bebé en brazos y Teresa lo llena de besos.

—Tenemos otra buena noticia —anuncia Manuela—. Vendimos Valle Precioso. El precio es bajo, pero estamos muy contentos.

—¿En serio? ¿A quién?

—A Rogelio.

—¿Rogelio? ¿De dónde va a sacar el dinero?

—Para empezar, de la deuda que tengo con él —explica Anselmo Estévez—. Durante años le pagué menos de lo que le correspondía. Y el resto, del negocio de materiales para la construcción que tiene su hermano en Sarmiento.

—¿Le va a pedir un préstamo a su hermano? Con lo poco que produce Valle Precioso, no se lo va a poder devolver.

—No le va a pedir ningún préstamo. Rogelio lleva veinte años acopiando ladrillos y hierros de construcción. Él se los compra a su hermano pero no los retira del negocio, sino que los deja guardados ahí. Ese es su ahorro para la jubilación.

Me pregunté qué habría pensado de aquellas frases Harry Patt o cualquiera que no estuviera familiarizado con la realidad argentina. Con una inflación del cuarenta, sesenta u ochenta por ciento anual —según a quién le preguntaras—, el ingenio popular para preservar los ahorros había llegado a niveles insospechados. No era poca la gente que, igual que el empleado de Mendizábal, mes a mes compraba materiales de construcción y los acopiaba para venderlos cuando necesitara el dinero.

—También va a asumir la deuda de los impuestos atrasados para ir pagándola poco a poco. Entre todo eso, llega al precio que pactamos. Que, como bien dice tu madre, es bajo.

—No te olvides del avión —interviene Manuela.

—Ah, sí. Con tantos periodistas dando vueltas por la zona,

logró encontrar un comprador en Buenos Aires.

—Perdón —intervengo—. Pero si Valle Precioso es tan improductivo, ¿para qué lo quiere Ledesma?

—Porque su sueño siempre fue ser dueño de la tierra en la que trabaja. Y como no tiene familia ni grandes gastos, con pocas ovejas y lo que saque de la salina se podrá mantener a flote.

—Pero la casa va a necesitar cada vez más arreglos —objeta Teresa.

—La casa, lamentablemente, va a quedar abandonada. Rogelio tiene planeado seguir viviendo donde vive, en la casita que tiene a doscientos metros de la de Mendizábal.

—Va a seguir trabajando para él —añade Manuela—. Dice que cuidar tres mil animales o tres mil trescientos es lo mismo.

—Yo creo que un tipo capaz de desenterrar un avión con una pala puede con todo —bromeo, y todos reímos.

Teresa vuelve a hacerle muecas divertidas a su sobrino, acompañándolas con ráfagas de besos. Germán le indica que la espere y desaparece detrás de la casa.

—Esto es para ustedes —les digo a Manuela y a Anselmo, sacando de la mochila un paquete envuelto en papel madera.

—Es pesado —observa ella—. ¿Qué es?

—Ábranlo.

Manuela despega los bordes del papel sin romperlo.

—«Los huesos de Sara» —lee en voz alta.

—Es un borrador. Mi humilde contribución para que les quede un registro de todo lo que pasó.

—¿Lo vas a publicar? —me pregunta Anselmo.

—Me encantaría, pero sólo si ustedes me dan el visto bueno. Juan Lavalle ya lo leyó y tengo el suyo.

—¡Por supuesto que te damos el visto bueno! —exclama Manuela.

—Pero si todavía no lo leyó —río.

—No importa. ¿En este libro queda clara la catástrofe que se está viviendo en la zona?

—Clarísima.

—Entonces tenés que publicarlo.

—Bueno. Aunque, si a ustedes no les molesta, me gustaría esperar a que Teresa termine de estudiar el dinosaurio.

—Uff, para eso falta muchísimo —dice Teresa, separándose apenas de los cachetes del bebé—. Juan y Paulo todavía están preparando el cráneo en el MEF. Y falta excavar el resto del cuerpo.

—¿Cuánto es muchísimo? —pregunto—. ¿Un año?

—O dos. O tres.

—Estoy dispuesto a esperar.

—Esa es una puerta abierta durante mucho tiempo —me señala Teresa, con una sonrisa pícara.

—A veces, por las puertas abiertas puede entrar algo bueno —respondo, guiñándole un ojo.

Germán vuelve sujetando dos yeguas por las riendas. Los animales parecen otros. Tienen el pelaje lustroso y debajo se adivinan músculos más fuertes que la última vez que los vi, en Valle Precioso. Es increíble lo que han cambiado en seis meses.

—¿Querés dar una vuelta? —le pregunta a su hermana.

Ella sonríe. Por supuesto. Se muere de ganas de ver el campo de sus padres. Supongo que también querrá ver la casa por dentro, los galpones de esquila y los puestos, pero sabe que habrá tiempo para todo eso. Lo más importante es la tierra, el suelo, las plantas. Por eso agarra las riendas de una yegua, pone un pie en el estribo y sale al trote junto a su hermano.

—Mirá bien, Teresa —grita su padre—. A lo mejor encontrás un dinosaurio.

Cuando ya están lejos, señalo alrededor.

—Es espectacular —digo—. En un lugar como este, no va a ser difícil ser feliz.

La reacción de Anselmo Estévez me deja petrificado. Ese hombre duro, con la cara curtida a base de viento y arena, me abraza. Es un abrazo firme acompañado de cuatro palmadas en la espalda capaces de salvarle la vida a un oso atragantado.

—Gracias, pibe —me dice.

Me gustaría preguntarle por qué exactamente, pero sé que Estévez no sigue hablando porque la emoción no se lo permite. Busco alrededor algo para cambiar de tema y librarlo de la incomodidad. Me parece distinguir una fila de pequeños arbolitos sin hojas, recién plantados, junto a uno de los lados del perímetro de tamariscos.

—¿Esos son los que tenía en macetas en Valle Precioso?

—Esos mismos.

Los cuento. Hay diez. Recuerdo que en su mini invernadero había muchos más.

—¿Dónde están los otros? ¿No sobrevivieron?

—No lo sé.

—¿No sabe dónde están?

—No sé si sobrevivieron.

—Los plantó en Valle Precioso —interviene Manuela, negando con la cabeza como si su marido ya no tuviera arreglo.

—Aunque las probabilidades sean de una en un millón, no hay que perder la esperanza —me dice Estévez—. Lo aprendí de un gran amigo.

FIN

GRACIAS POR LEERME

¡Muchísimas gracias por leerme! Espero que hayas disfrutado con esta historia. Si te interesa saber más sobre el pasado de Nahuel Donaire, te recomiendo mi novela *Dónde enterré a Fabiana Orquera* (una de las favoritas de mis lectores). En ella, Nahuel investiga —también en un campo de la Patagonia— el caso de una mujer que lleva desaparecida más de treinta años.

Por otro lado, me tomo el atrevimiento de pedirte que me ayudes a llegar a más lectores compartiendo tu opinión. Podés hacerlo hablando del libro con personas de carne y hueso, publicando algo en redes sociales o, si lo compraste por internet, dejando una reseña en la web donde lo adquiriste. A vos sólo va a llevarte un minuto, pero el impacto positivo que tiene para mí es enorme.

Por último, me gustaría invitarte a formar parte de mi círculo más cercano de lectores dándote de alta en mi lista de correo. La uso para enviar cuentos inéditos, adelantar capítulos, compartir escenas extras de mis libros que quedaron fuera de la versión final y avisar cuando publico algo nuevo. No suelo escribir más de un correo por mes, así que no te preocupes porque no te voy a llenar la bandeja de entrada (y nada de SPAM, lo prometo). Para darte de alta, encontrarás un botón en mi página web.

Una vez más, gracias por estar ahí. Leyéndome, le das sentido a lo que hago.

NOTA AL LECTOR

El lago Colhué Huapi es un lugar real en el sur de la provincia de Chubut, Argentina. Lamentablemente, también es real que se secó y que varias familias están perdiendo sus casas y su modo de vida debido a este fenómeno. Las tormentas de arena a veces son tan fuertes que la nube de polvo llega a la ciudad de Comodoro Rivadavia, ciento veinte kilómetros al este.

También es cierto que se encontró un avión de más de cincuenta años de antigüedad y que lo están desenterrando, a fuerza de pala, los peones rurales de la zona. Son reales las dunas de arena, que pueden llegar a 14 metros de altura y que avanzan, arrasando todo a su paso, a una velocidad de entre 45 y 100 metros por año. También, por supuesto, es cierto que la zona es un paraíso para los paleontólogos y que aparecen constantemente restos de dinosaurio. Como, por ejemplo, el *Aeolosaurus colhuehuapensis* que se encontró en una isla a la cual la primera vez los paleontólogos llegaron en barco y la segunda vez, en moto (sí, la Isla de los Dinosaurios también existe).

También fue real la subasta del *T-rex* Stan en Estados Unidos, que se vendió por casi treinta y dos millones de dólares a un comprador que se mantuvo en el anonimato durante un año y medio. Al final, se reveló que había sido el Museo de Historia Natural de Abu Dhabi. Me tomé la licencia de retrasar un año las fechas de estos eventos para que cuadraran con la trama.

En definitiva, la historia en sí es ficticia, así como lo son los personajes, pero los lugares, los fenómenos meteorológicos y la mayoría de los dinosaurios son absolutamente reales. Al lector con un poco de curiosidad le bastarán simple búsquedas en internet para descubrir a lo que me refiero.

Para quien quiera profundizar, he recopilado una pequeña lista de enlaces a videos, artículos periodísticos y libros. Si querés que te la envíe, no tenés más que pedírmela por correo electrónico. Encontrarás la forma de contactarme en mi página web. La dirección es: www.cristianperfumo.com.

AGRADECIMIENTOS

A Marcelo Luna, por plantar la semilla de esta historia, por responder mil preguntas sobre paleontología y por mostrarme la impresionante colección de dinosaurios de la Universidad Nacional de la Patagonia San Juan Bosco.

A Lucio «Cone» Ibiricu, por enseñarme sobre básquet hace treinta años y sobre dinosaurios ahora. Ojalá hubiera más gente como él en este mundo.

A Pablo Puerta, por aquel día maravilloso en el MEF y por toda la ayuda que me brindó después.

A Esteban Musacchio y Josefina Suils, por hacer posible la visita a Pablo.

A Diego Pol y Rodolfo Coria, por sus respuestas. A Eduardo Jawerbaum, por mostrarme el punto de vista de un coleccionista de fósiles en Argentina.

A Felipe Yagüe, por ayudarme a comprender la punta del iceberg gigantesco que son la ansiedad y las fobias.

A Dora Manildo y Carlos Naves, por explicarme muchos aspectos del funcionamiento de una estancia en la Patagonia.

A Luis Paz por su asistencia con detalles médicos, a Mariano Rodríguez por los económicos, a Federico Supervielle por los náuticos y a Celeste Cortés por los criminalísticos.

A Carlos Liévano, Flora Campillo, Trinidad Segundo Yagüe, Renzo Giovannoni, Christine Douesnel, Daniel Ruiz, Mónica García, Estela Lamas, Marcelo Rondini, María Laura Rodríguez, Lucas Rojas, José Lagartos y María José Serrano, por leer el borrador de esta historia y ayudarme a mejorarla.

A Trini. Porque sin su apoyo nada de esto sería posible. Pero, sobre todo, porque con su apoyo todo es posible.

SOBRE EL AUTOR

Cristian Perfumo escribe *thrillers* ambientados en la Patagonia Argentina, donde se crio.

El primero, *El secreto sumergido* (2011), está inspirado en una historia real y lleva ya ocho ediciones, con miles de copias vendidas en todo el mundo.

En 2014 publicó *Dónde enterré a Fabiana Orquera*, que agotó varias ediciones en papel y en julio de 2015 se convirtió en el séptimo libro más vendido de Amazon en España y el décimo en México.

Cazador de farsantes (2015), su tercera novela con frío y viento, también agotó la primera tirada.

El coleccionista de flechas (2017) ganó el Premio Literario de Amazon, al que se presentaron más de 1800 obras de autores de 39 países, y está siendo adaptada a la pantalla.

Rescate gris (2018) fue finalista del Premio Clarín de Novela 2018, uno de los galardones literarios más importantes de Latinoamérica, y más tarde fue publicado por la editorial Suma de Letras.

En 2020 publicó *Los ladrones de Entrevientos*, una novela de atracos que ha sido definida por la crítica como «*La casa de papel* en la Patagonia».

En 2021 publicó *Los crímenes del glaciar*, una novela negra ambientada por partes iguales en la Patagonia y los alrededores de Barcelona que se convirtió en best-seller en Amazon. Recientemente ha publicado *Los huesos de Sara* (2022), un *thriller* de misterio que traslada al lector a una excavación paleontológica en uno de los rincones más desconocidos y particulares de la Patagonia.

Sus libros han sido traducidos al inglés, al francés y editados en formatos audiolibro y braille.

Tras vivir años en Australia, Cristian está radicado en Barcelona.

Más novelas de Cristian Perfumo
DÓNDE ENTERRÉ A FABIANA ORQUERA

Descubre la historia que hizo famoso a Nahuel Donaire. Nueve años antes de *Los huesos de Sara.*

Verano de 1983: En una casa de campo de la Patagonia, a quince kilómetros del vecino más próximo, un político local despierta en el suelo. No tiene ni un rasguño, pero su pecho está empapado en sangre y junto a él hay un cuchillo. Desesperado, busca a su amante por toda la casa. Viajaron allí para pasar unos días juntos sin tener que esconderse. Todavía no sabe que ya nunca volverá a verla. Ni que la sangre que le moja el pecho tampoco es de ella.

Verano de 2013: Nahuel ha pasado casi todos los veranos de su vida en esa casa. Por casualidad, un día encuentra una vieja carta cuyo autor anónimo confiesa haber matado a la amante del candidato. El asesino plantea una serie de enigmas que prometen revelar su identidad y la ubicación del cuerpo. A medida que descifra pistas, Nahuel descubre que, incluso después de treinta años, hay quien prefiere que nunca se sepa la verdad sobre uno de los misterios más intrincados de aquella inhóspita parte del mundo.

¿Qué pasó con Fabiana Orquera?

LOS LADRONES DE ENTREVIENTOS

Durante años, trabajó para ellos. Ahora va a desvalijarlos.

Entrevientos no ha cambiado. Sigue siendo una de las minas de oro más remotas de la Patagonia y del mundo. Sin embargo, para Noelia Viader se ha convertido en un sitio totalmente diferente. Hace un año era su lugar de trabajo y hoy es una cruz roja en el mapa sobre el que repasa los detalles del atraco.

Tras catorce años alejada del mundo criminal, Noelia retoma el contacto con un mítico ladrón de bancos al que le debe la vida. Juntos reúnen a la banda que planea llevarse de Entrevientos cinco mil kilos de oro y plata.

Tienen dos horas antes de que llegue la policía. Si lo logran, los diarios hablarán de un robo magistral. Y ella habrá hecho justicia.

«Como *La casa de papel*, pero en la Patagonia»

www.cristianperfumo.com

EL COLECCIONISTA DE FLECHAS

La calma de una pequeña localidad patagónica se rompe cuando uno de sus vecinos aparece muerto con signos de tortura en su sofá.

Para la criminóloga Laura Badía, este es el caso de su vida: además de la brutalidad del asesinato, de la casa de la víctima han desaparecido trece puntas de flecha talladas hace miles de años por el pueblo tehuelche y cuyo valor es incalculable.

Con la ayuda de un arqueólogo venido de Buenos Aires, Laura se embarcará en la resolución de un misterio que no solo la llevará al glaciar Perito Moreno y a los enclaves más remotos de la Patagonia, sino también a recorrer el lado más oscuro de la mente humana, un lugar donde las mentiras y la codicia se esconden en cada recodo del camino.

Ganadora del Premio Literario de Amazon

www.cristianperfumo.com

LOS CRÍMENES DEL GLACIAR

El cuerpo de un turista aparece congelado en el glaciar más grande de la Patagonia. Murió sobre el hielo, de un disparo en el vientre, hace treinta años.

Pero tú, que te llamas Julián y eres de Barcelona, ignoras que esto te cambiará la vida.

Para entenderlo, primero deberás saber que tu padre tenía un hermano del que nunca te habló. Después, que ese hermano acaba de morir. Y, por último, que en su testamento figuras como único heredero de una misteriosa propiedad en El Chaltén, un idílico pueblo de la Patagonia.

Viajarás hasta allí para venderla, pero cometerás el error de hacer demasiadas preguntas. Entonces comprenderás que, treinta años después del crimen, en El Chaltén se esconde alguien dispuesto a borrarte del mapa con tal de que no llegues a la verdad.

www.cristianperfumo.com

RESCATE GRIS

Puerto Deseado, Patagonia Argentina, 1991. Raúl necesita dos trabajos para llegar a fin de mes. Cuando apaga el despertador para ir al primero de ellos, sabe que algo va mal. Su pequeño pueblo ha amanecido cubierto por la ceniza de un volcán y Graciela, su mujer, no está en casa.

Todo parece indicar que Graciela se ha ido por voluntad propia... hasta que llega la llamada de los secuestradores. Las instrucciones son claras: si quiere volver a verla, tiene que devolver el millón y medio de dólares que robó.

El problema es que Raúl no robó nada.

No te pierdas este thriller psicológico ambientado en una de las épocas más convulsas e inolvidables de la historia de la Patagonia: los días de la erupción del volcán Hudson.

Finalista del Premio Clarín de Novela

www.cristianperfumo.com

EL SECRETO SUMERGIDO

Marcelo, un joven buzo aficionado, busca en las aguas heladas de la Patagonia el lugar exacto del hundimiento de la Swift, una corbeta británica del siglo XVIII. Cuando la persona que más sabe del naufragio en todo el país aparece asesinada con un mensaje extraño en el regazo, Marcelo descubre que su inocente pasatiempo constituye una amenaza enorme para cierta gente. No sabe a quién se enfrenta, pero sí que compite con ellos por reflotar un secreto que, después de dos siglos bajo el mar, podría cambiar la historia de aquella parte remota del planeta. Encontrarlo será difícil. Seguir con vida, aún más.

Basada en una historia real. ¡Miles de ejemplares vendidos en todo el mundo!

www.cristianperfumo.com

CAZADOR DE FARSANTES

"Si estás viendo esto, es porque estoy muerto", dice a la cámara el periodista Javier Gondar pocas horas antes de que le peguen un balazo en la cabeza. En el video, Gondar señala como culpable de su asesinato al Cacique de San Julián, uno de los curanderos más famosos de la Patagonia.

Tras una experiencia difícil, Ricardo Varela se inicia en un extraño hobby: filmar con cámara oculta a chamanes y brujos de su ciudad y exponer sus trucos en Internet. No sabe si existe la brujería, ni le interesa demasiado. De lo que sí está seguro es que su ciudad está llena de farsantes sin escrúpulos dispuestos a prometer salud, dinero y amor a cualquiera que quiera creer. Y pagar.

Para Ricardo, enfrentarse al Cacique es la única forma de cerrar una herida que lleva dos años abierta. Sabe que tendrá que poner en riesgo su vida, y no le importa. Lo que no se imagina es que ese brujo no es más que el primer eslabón de una macabra trama que lleva años cobrándose vidas en nombre de la fe.

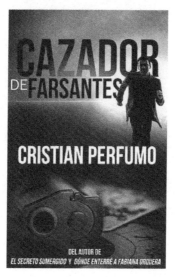

www.cristianperfumo.com

Made in the USA
Monee, IL
24 March 2024